KB242250

2006

제51회
現代文學賞 수상시집

안규철, 「두 개의 빈 의자」, 드로잉

| 현대문학상 기념조각 |

안규철

책은 양면적인 요소들이 중첩되어 있는 물건이다.
책에는 왼쪽과 오른쪽 페이지가 있고, 보이는 앞면과 보이지 않는 뒷면이 있다.
안과 밖이 있고, 시작과 끝이 있다. 흰 종이와 검은 잉크가 있고,
드러난 것과 숨겨진 것이 있으며, 저자와 독자가 있다.
서로 상반되면서 동시에 상호의존적인 이런 요소들은 책이 닫혀져 있을 때는 드러나지 않는다.
책은 상자와 같아서, 책장이 펼쳐지기 전에 그것은 무뚝뚝한 한 덩이 종이뭉치에 불과하다.
책을 열면 이렇게 하나였던 것이 둘이 된다. 왼쪽과 오른쪽이, 안과 밖이, 저자와 독자가 거기서 생겨난다.
그리고 그 둘 사이에서, 낯선 한 세계의 지평선이 떠오른다.
마술사의 손바닥에서 피어나는 꽃처럼, 작은 책갈피 속에서 세계 하나가 온전한 윤곽을 드러낸다.
문학작품 앞에서 늘 그것이 경이롭다.

제51회 現代文學賞 수상시집

* * *

박상순
목화밭 지나서 소년은 가고 외

현대문학

역대수상시인 근작시

천양희

김사인

수상작

목화밭 지나서 소년은 가고 외

박상순

박상순

목화밭 지나서 소년은 가고 _외

1961년 서울 출생. 1991년 《작가세계》로 등단.
시집 『6은 나무, 7은 돌고래』 『마라나, 포르노 만화의 여주인공』 『Love Adagio』 등.
〈현대시동인상〉 수상.

목화밭 지나서 소년은 가고

목화밭이 있었다 — 한 사람이 있었다
목화밭이 있었다 — 내가 있었다
한 사람이 있었다 — 무릎이 깨진 백색의 소년이 거기 있었다

목화밭 지나서 소년은 가고
무릎이 깨진 백색의 소년은 가고
너는 아직도 목화밭에 있구나
너는 아직도 남아 있구나

목화밭이 있었다 — 두 사람이 있었다
목화밭이 있었다 — 내가 있었다
우리들이 있었다 — 머리에 솜털을 단 백색의 소년들이 있었다

흰 꽃들이 부를까. 하얀 달이 부를까
목화밭 지나서 소년은 가고
너는 아직도 목화밭에 있구나
너는 아직도 남아 있구나

목화밭이 있었다 — 세 사람이 있었다

목화밭이 있었다 ─ 내가 있었다
나와 함께 있었다 ─ 내 손가락을 묻고 돌아선 백색의 소년들
이 있었다

거기 있었다. 사막에도 비가 올까. 사막에도 비는 오겠지
솜털처럼 돋아날까. 내 손가락도 자라서 목화가 될까
흰 꽃들이 부를까. 목화솜이 부를까
하얀 달이 부를까. 다시 부를까

목화밭이 있었다 ─ 목화밭만 있었다
목화밭이 있었다 ─ 소년들만 있었다
거기 있었다 ─ 목화밭을 지나서 소년은 가고

내가 끌고 간 것들, 내가 들고 간 것들
내가 두 손에 꼬옥 움켜쥐고 간 것들
거기 있었다. 목화밭이 부를까. 목화솜이 부를까
네 손가락을 묻고 돌아선 백색의 소년은 가고
너는 아직도 남아 있구나. 목화밭에 있구나

죽은 말의 여름휴가

죽은 말이 여름휴가를 떠난다.
아직 살아 있는 말들의 마을을 지나
달린다

죽은 말은
오래전에 사라진 나의 미래
살아 있는 말들은 내 미래의 시간이 죽은 뒤
솟아난 엉뚱한 미래

이제서야 죽은 말은 여름휴가를 떠난다
바다를 향해
엉뚱한 미래를 지나
달린다. 달린다

죽어서도 달린다
죽도록 달리고 또 달려서
바다로 간다

바다는

이미 오래전에 닥쳐온 나의 고독
모래알 같은 고독이 파도에 쓸려
밀려가고 밀려오는
여름은
아직 살아 있는 나의 죽음

꼬리에 죽음을 달고 내 죽은 말이
여름휴가를 떠난다
죽은 말
죽어버린 말
죽은 말
다시 살아나도 영원히 죽어버릴 나의 말

공구통을 뒤지다가

아홉 살의 나는 철길에서 돌아와 공구통을 뒤집니다.
나사못, 대못, 구부러진 녹슨 못,
아주 튼튼한 놈들만 긁어모았습니다

당신께 보냅니다

내년엔 나도 열한 살이 됩니다.
열 살 때의 일들은 그냥 없던 걸로 합시다

당신께 보냅니다
즐거운 편지처럼

내년엔 나도 통통한 애인과 함께
오동도나 제주도
아니면 카프리 섬의 소형 버스 안에서
삼십대를 보냅니다

껄렁한 이십대는 없던 걸로 합시다
나사못, 대못, 구부러진 녹슨 못,

아주 뾰족한 놈들만 당신께 보냅니다

선물로 보냅니다

내년엔 나도 여덟 살이 됩니다
여덟 살의 나로 다시 돌아갑니다

당신의 가슴에 대못을 박고
구멍을 뚫고, 튼튼한 나사못으로
당신이 가는 길을 막아버린 뒤

다시 아홉 살이 되면 나는 철길에서 돌아와
내 인생의 공구통을 뒤지다가
당신이 내게 보낸 편지를 읽습니다
내게 남겨진
당신과 나의 기나긴 이별의 편지를

폭포 앞에서

그녀는 콩 한 개
나는 콩 두 알

그녀는 별 하나
나는 별 두 개

그녀는 갑자기 오토바이를 사고
나는 높은 산, 높은 길, 높은 구름, 더 높은 하늘을 사고

그녀는 콩 한 개
나는 콩 두 알

그녀는 별 하나
나는 별 두 개

나는 갑자기 높은 산, 높은 구름, 높은 하늘 위의
날개 달린 물고기가 되고

그녀가 더 이상 나를 사랑하지 않을 때
내가 더 이상 그녀를 사랑하지 않을 때

그녀가 처음부터 나를 사랑하지 않았을 때
그래도 그녀만을 폭포처럼 사랑했을 때

그녀는 콩 한 개
나는 콩 두 알

그녀는 별 하나
나는 별 두 개

그녀는 갑자기 오토바이를 사고 바다를 사고
나는 그녀를 위해 무지갯빛 물고기를 사고

그러나 그녀가 죽고
내가 죽고

그녀가 살아나고
나는 그냥 죽어버리고

그녀는 별 하나

나는 별 두 개

그녀는 콩 한 개
나는 콩 두 알

나는 갑자기 높은 산, 높은 구름, 높은 하늘 위의
날개 달린 물고기가 되고

봄. 이케와키 치즈루의 무덤

봄에 둥근 화단을 봅니다. —상상은 하지 마. 더 이상은. 네가
서 있는 자리가 갑자기 좁아지고 또 갑자기 늘어난다 해도. 갑
자기 그 자리가 해안이 되고, 파도가 밀려오고, 두 팔을 허공으
로 벌린 채 네가 밤 바다에 떠 있는 섬이 돼버린다 해도.

봄에 둥근 화단을 그려봅니다. —더 이상은 하지 마. 네가 나를
구원할 수 없어도. 내가 너를 지켜줄 수 없어도, 두 팔을 벌린
채 섬이 되어버린 네가, 먼 바다 끝으로 점점 밀려간다 해도,
네 뒤에 서 있던 내가 영영 네게서 사라진다 해도.

봄에 둥근 화단에서 이케와키 치즈루를 봅니다. —더 이상 그
런 상상 하지 마. 이제 세계는 존재하지 않고, 우리는 이 세상
에 존재하지 않고, 꽃 향기가 날리고, 향기로운 밤의 나무 아래
떨어진 한 잎의 눈물이 되어도.

봄에 둥근 화단을 봅니다. —너를 보고 있었다는 사실이 고통
스러워, 아직도 나를 바라보고 있다는 사실이 고통스러워. 그
런 사실을 상상으로 만들어버린 네가 고통스러워. 더 이상은
하지 마. 상상은.

(이케와키 치즈루는 아직 살아 있는 일본 여인의 이름입니다.
어쩌면 아직 태어나지도 않은 나를, 겨우 태어난 직후의 나를
이끌고 봄의 둥근 화단을 빙빙 돌아보게 해주었던 그녀가 바다
를 건너기 전, 스물네 살 봄에 가졌던 이름일지도 모릅니다 ―
‘나’는 1984년에 봄에 사망한 것으로 기록되어 있습니다)

네가 가는 길이 더 멀고 외로우니

현실에 몸을 두고 살기가 외로워 의자 위에 내 몸을 올려놓습니다. 올려놓고 보니 불편한 의자입니다. 그러고 보니 의자도 현실입니다. 이번에는 의자를 몸 위에 올려놓아 봅니다. 무겁습니다. 의자를 내려놓고 나 자신과 맞서보기로 합니다. 온갖 사실들이 기억의 창고에서 쏟아져나옵니다. 한동안 그것들과도 맞서보지만 여전히 의자 하나 놓여 있습니다.

저 하늘엔 비행기가 갑니다.

그래서 외로운 나도 길을 나서봅니다. 우연도 필연도 아닌 길을 향해 걷기 시작합니다. 내 좁은 경험을 벗어나 다른 길을 찾아보기로 합니다. 혼자 가기가 심심하기는 하지만 큰 길을 따라 강변까지 나갑니다. 이제 계단을 내려가면 강입니다. 오른발 왼발. 강변에선 함부로 쓰레기를 버려서는 안 됩니다. 오른발 왼발. 나는 갑니다.

러시아. 블라디보스토크로 간다고 합니다

강변에 나와 바람을 쏘입니다. 눈을 감아봅니다. 내 의식이 바람 속에서 눈을 뜹니다. 내 몸은 풀밭에 누워 있습니다. 누워 있는 몸의 무게가 느껴집니다. 바람을 쏘인 탓인지 의식이 자꾸 가벼워져 몸 밖으로 새나갈 것 같습니다. 하나 둘. 새어나갑니다. 새나가고 맙니다.

저 하늘엔 비행기가 갑니다. 러시아. 블라디보스토크로 간다고 합니다. 블라디보스토크로 가는 길이 더 멀고 외로우니 나는 잠시 여기서 멈춰 있으라고 합니다.

수상시인 자선작

철새의 죽음

TV를 봅니다
영화를 봅니다

앉아 있습니다

나를 봅니다
나를 보고 있습니다

빨리 지나갑니다
시간은 갑니다

눈이 내립니다
밤이 옵니다

아무 일도 일어나지 않은 듯

TV를 봅니다
영화를 봅니다

앉아 있습니다

나를 봅니다
나를 보고 있습니다

빨리 지나갑니다
시간은 갑니다

눈이 내립니다
밤이 옵니다

별이 빛나는 밤

나에게 두 사람이 있었다. 두 사람은 날마다 공동묘지에 갔다. 한 사람은 무덤을 파고 다른 한 사람은 죽은 자의 이름을 돌조각에 새기며 함께 지냈다. 묘비를 새기는 사람은 내 국어책의 겉장을 달력 종이로 하얗게 씌워주었다. 죽은 자의 이름을 묘비에 새기던 솜씨로 새로 씌운 국어책의 겉장에 내 이름을 새겨주었다. 무덤 파는 사람은 책장을 열어 책 속에 누워 있는 글씨들을 내게 읽어주었다. 이제 무덤 파는 사람은 〈무덤〉이라 부르고, 묘비명을 새기는 사람은 〈묘비〉로 쓴다.

어느 날 오후, 사람이 적게 죽은 날
무덤과 묘비는 묘지에서 술을 마셨다.

술에 취한 무덤이 벌떡 일어나
묘비를 향해 주먹을 휘둘렀다

쓰러진 묘비가 무덤을 향해 소리쳤다
무덤이 옆에 있던 삽을 들었다
묘비는 망치를 들었다

무덤과 묘비는 묘지에서 싸웠다
삽을 든 무덤이 죽고
망치를 든 묘비는 붙들려 갔다

　나는 국어책을 넘기다가 홀로 잠에 들었다. 빈방에서 며칠 동
안 국어책만 넘겼다. 그리고 어느 날 무덤과 묘비와 공동묘지에
대해 잘 알고 있다는 낯선 사람 하나가 빈방의 문을 열었다. 펼쳐
진 내 국어책의 책장를 덮고 책가방을 꾸리고 옷가지를 챙겼다.
묘비도 오지 않고 무덤도 오지 않는 빈방을 떠나며 나는 내 손가
락 두 개를 잘라 어둠 속에 던졌다. 별이 빛나는 밤이었다.

바빌로니아의 공중정원

머리가 크고 배가 불룩 튀어나온 소년들이 오래된 야마하 피아노 한 대를 공중으로 옮기고 있다. 공중의 풀밭에 피아노가 옮겨진다. 나와 같은 또래로 보이는 소녀가 키 큰 화초 위에 앉는다. 피아노의 페달을 밟으며 어깨의 힘을 이용해 건반을 누른다.

나는 한편에 앉아 피아노 소리를 듣는다. 머리가 크고 배가 불룩 나온 소년들이 노래를 부르기 시작하지만 노래는 들리지 않는다. 피아노를 치는 소녀는 한 소절이 다 할 때마다 한 번씩 옆으로 고개를 돌린다. 소년들은 반대편에 서 있다.

정원 아래. 허공 밖으로 내려가는 길이 어둠 속에 잠긴다.

양 세 마리

풀밭에는 분홍나무
풀밭에는 양 세 마리
두 마리는 마주보고
한 마리는 옆을 보고

오른쪽 가슴으로
굵은 선이 지나는
그림 찍힌
티셔츠

한 장 샀어요
한 마리는 옆을 보고
두 마리는 마주보고

풀밭에는 양 세 마리
한 마리는 옆을 보고
두 마리는 마주보고
오른쪽 가슴으로
굵은 선이 지나는

그림 찍힌 티셔츠

한 장 샀어요

한 마리는 옆을 보고
두 마리는 마주보고

너 혼자

1. 너 혼자 올 수 있겠니
2. 너 혼자 올라올 수 있겠니
3. 너 혼자 여기까지 올 수 있겠니

안개가 자욱한데. 내 모습을 볼 수 있겠니. 하지만 다행이구나. 오랜 가뭄 끝에 강물이 말라 건너기는 쉽겠구나. 발밑을 조심하렴. 밤새 쌓인 적막이 네 옷자락을 잡을지도 모르니 조심해서 건너렴.

나는 삼십 센티미터의 눈금을 들고, 또 나는 사십 센티미터의 눈금을 들고, 또 나는 줄자를 들고 홀로 오는 너를 기다리고 있단다.

1. 너 혼자 말해볼 수 있겠니
2. 너 혼자 만져볼 수 있겠니
3. 너 혼자 돌아갈 수 있겠니

바스락 바스락. 안개 속에 네 옷깃이 스치는 소리가 들리는구나. 네가 네 청춘을 밟고 오는 소리가 들리는구나. 하지만 기운을 내렴.

한때 네가 두들기던 실로폰 소리를 기억하렴. 나는, 나는, 나는, 삼십과 사십 센티미터의 눈금을 들고, 줄자를 들고, 홀로 오는 너를 기다리고 있단다. 딩동동 딩동동. 네 주머니 속에서 울리는 내 소리를 기억하렴. 하지만.

1. 너 혼자 내려갈 수 있겠니
2. 너 혼자 눈물 닦을 수 있겠니
3. 너 혼자 이 자욱한 안개나무의 둘레를 재어볼 수 있겠니

빨리 걷다

이제 나는 유리병, 동 파이프, 고무 벌레, 붉은 벽돌, 거미줄,
안개, 비상구, 접시, 세탁소, 푸른 항구, 불난 집, 가방, 끈 떨어진
꾸러미, 자동차, 사라진 구름, 발, 발, 발, 밤, 밤, 밤.

의사 K와 함께

의사 K의 옷장에서 놀이공원 지도를
발견했습니다.
의사 K는 나의 오랜 친구이지만
놀이공원에는 가지 않습니다.

의사 K는 지금 내가 알지 못하는
어떤 긴급한 전화를 받고
잠시 자리를 비웠습니다.

그가 서둘러 옷을 입고 나간 뒤
나는 의사 K의 열린 옷장을
무심히 바라보다가

K의 옷장에서 놀이공원 지도를
발견했습니다.
내 오랜 친구인 의사 K는
놀이공원에는 가지 않습니다.

전에도 의사 K는

어떤 긴급한 전화를 받고
오늘처럼 밖으로 나갔습니다.
K는 훌륭한 의사입니다.

그때도 나는 K의 옷장에서
놀이공원 지도를 보았습니다.

롤러코스터, 휴게소, 작은 광장, 매표소,
분수, 징검다리, 유령의 집, 전망대

지도에는 정확한 위치
조목조목 일러주는 설명문이 있었고
심지어는 이곳에서
그곳으로 가는 길

잘못 들면 빠져나와
다시 쉽게 가는 길도 적혀 있었습니다.
그렇지만 의사 K는 물론
나 역시

놀이공원에는 절대 가지 않습니다.

그런데 오늘 또
의사 K의 옷장에서
새로 바뀐 놀이공원 지도를
발견했습니다.

의사 K는 나의 오랜 친구입니다.
내가 그를 찾아가면 꼭
긴급한 전화가 옵니다.
K는 참 바쁜 의사입니다.

그가 나가면
옷장 문이 또 이렇게
열려 있게 됩니다.

놀이공원 지도 속엔 걷는 사람, 뛰는 사람
쉬는 사람, 누운 사람, 의사 K와 같은 사람
하나 없지만

나는 또 할 수 없이
이런저런 사람들을 생각하며
지도를 보며
의사 K를 기다립니다.

K를 기다리며 나는 옷장에서 떨어진
놀이공원 지도를 보고 있지만
의사 K는 놀이공원에는 가지 않습니다.
나 또한 가지 않습니다.

의사 K는 지금 내가 알지 못하는
어떤 긴급한 전화를 받고
밖으로 나갔습니다.

나는 지도를 보며 K를 기다립니다.
의사 K는 나의 오랜 친구입니다.
놀이공원에는 절대로 가지 않을 겁니다.

가수 김윤아

내 이름은 윤아야. 가수 김윤아. 좋아하는 뮤지션? 그런 건 없어. 시집. 그런 건 안 읽어. 책? 『고원―정신분열증 2』를 몇 쪽 봤을까? 책 표지는 기억해. 시인. 빵공장, 마라나. 그런 시를 쓴 시인의 디자인일 거야. 아무튼 내 이름은 윤아야.

까르푸에서 그 시인을 보았어. 내 얼굴은 몰라. 그 사람은 나를 몰라. 그는 파니 프라이스만 생각해. 그 여자는 화가야. 화가 지망생. 이탈리아에서 죽었대. 이야기 속의 이야기야. 엑스트라였나 봐. 그런데도 그 여자만 생각해. 하지만 내가 만든 노래야.

사실 내 이름은 파니야. 스페인어 할 줄 아니? 내가 복사했어. 가수 김윤아의 노래. 내 친구 윤아가 감기약을 먹고 누워 잠들었을 때, 나와 함께 가기로 한 스페인 꿈을 꾸고 있을 때 내가 했어. 어떻게 된 거냐구? 물음표를 뒤집어봐. 새우 한 마리. 바다에서 잡혀온 새우 한 마리. 탱고 춤을 출 거야.

하지만 잘 생각해! 속으면 안 돼! 내 이름은 윤아야. 가수 김윤아. 정신적인 윤아, 즉물적인 윤아. 하지만 내게는 없어. 인상적인 윤아, 사실적인 윤아, 표현적인 윤아. 대면적對面的인 윤아. 침

투적인 윤아. 음악은 좀 아니? 오르페우스와 에우리디케의 사랑이 슬프다고 생각하니? 미니멀하지! 잘 생각해. 내가 복사했어.

　미니멀한 것으로 한 곡 들려줄까? 하지만 뒤틀 줄도 알아야 해. 내 비극의 컬러를 모르면 마라톤 경주를 관람할 수 없단다. 본능이라고 생각하진 마! 눈을 감으면 잘 들리니? 귀를 막으면 더 크게 들리지? 그 사람 이야기를 다시 해볼까? 빵공장, 마라나. 그런 시를 쓴 사람 있잖아. 사실은 내 시야. 새우 한 마리. 바다에서 잡혀온 새우 한 마리.

　내 이름은 윤아야. 가수 김윤아. 너에게도 써줄까? 아니면 한 곡 들려줄까? 컬러풀한 걸루. 아이덴티티는 너무 20세기적이야. 난 움직여. 움직이고 있다구. 하얗게 밀려오는 밤 바다의 파도. 이른 아침 7시 50분에 시 청사 정문 앞 도로변에 서보면 다 보여. 현대적으로, 21세기적으로, 그렇지만 능숙하게 르네상스식으로도. 너도 한번 볼래?

　하지만 잘 생각해! 속으면 안 돼. 나 말고, 나 말고, 너에게 속으면 안 돼. 사실 내 이름은 꿀벌이야. 레이스가 달린 새하얀 속

옷이야. 새우야. 하얗게 밀려오는 밤 바다의 파도. 동사야. 명사
야. 알타미라 벽화야. 칫솔을 사러 가는 곰인형이야. 변신이야.
장치야.

　밤이야. 아침이야. 하늘이야. 땅이야. 새벽이야. 바다야. 33.
44. 66 ― 나야. 나.

수상후보작

도장골 시편 외
김 신 용

* * *

손목 외
윤 제 림

* * *

邪離庵을 찾아서 외
이 재 무

* * *

하늘 골목 외
장 철 문

* * *

자미원 간다 외
조 용 미

* * *

긴 여행 외
차 창 룡

김신용

도장골 시편 외

1945년 부산 출생. 1988년《현대시사상》으로 등단.
시집 『버려진 사람들』『개 같은 날들의 기록』『몽유 속을 걷다』『환상통』등.
〈천상병문학상〉 수상.

도장골 시편
―벌레길

산에 올라 산나물을 따다보니 알겠네.

저 벌레도 사람살이의 길을 가르쳐준다는 것을

명아주 수리취 화살나무 홋잎까지 사람이 먹을 수 있는 것은
벌레도 먹고 있다는 것을

마치 길라잡이처럼 벌레가 먼저 먹고 있다는 것을

그동안 벌레가 먹은 잎은 벌레를 보듯 모두 버렸었다.

된장 속에서 맛있게 익은 깻잎도 벌레 자국이 있는 것은 먹지
않았다.

그러나 보라, 산그늘 수풀 속에 숨어 있는 이름 모를 잎도

사람이 먹을 수 있는 것은 벌레가 먼저 깃들어 있다는 것을―.

무슨 징표처럼, 잠식과도 같은 자국을 만들고 있다는 것을―.

산 속 수풀을 헤치며 산나물을 따다보니 알겠네.

그 이름 모를 풀의 잎에 새겨져 있는 벌레 먹은 자국이

이렇게 사람살이의 지도가 된다는 것을, 그리고 지난 날

허기에 겨운 보릿고개를 넘을 때, 수풀 속 이름 모를 풀의 잎에
새겨진

그 벌레의 길을 따라 구황의 세월 견뎌왔으리라는 것을―.

내 이제야 알겠네. 사람이 먹지 못하는 것은 벌레도 먹지 않는
다는 것을

길바닥에 깔린 질경이의 잎에도 그 벌레의 길이 새겨져 있다는
것을

도장골 시편
— 민들레꽃

새로 이사 온 집, 마당의 잡풀을 뽑다가
노란 꽃잎 하 이뻐서 그대로 둔 민들레꽃 한 송이
그 모습, 어느새 지우고 하얗게 센 씨방 머리에 이고 서 있다
그 흰 머리칼 올올마다 씨가 맺혀 있다고 생각하니
새삼 그 앞에 서 있기가 경건해진다
노란 꽃잎 지우고 솜털 가볍게 부푼 홀씨
그 홀씨 떠나보내기 위해 가는 꽃대 꼿꼿이 세운 모습을 보면
자식 키우기 위해 굽은 허리도 곧게 펴던 모성 같아
제 생 다 짓무르도록 들옷 입고, 뼈 삭정이 꺾어 아궁이 불 지
피던 그 마음 같아
씨 하나 품지 못하고 허옇게 센 내 머리칼이 더 민망해진다

저 민들레꽃

제 이사 간 곳, 산비탈길 가시덤불 속이라 해도
꼿꼿이 펴든 허리, 굽히지 않으리

들옷 입고 머리칼 하얗게 셀 때까지, 그 耕作 멈추지 않으리

도장골 시편

—赤身의 꿈

마당에 다람쥐 두 마리가 찾아왔을 뿐인데

찾아와, 잠시 놀다 갔을 뿐인데

맨발로 마당에 나가 팔 벌려 서 있고 싶어지네

그 赤身 위에도 새가 날아올 것 같아

새가 날아와 앉아, 한나절을 놀다 갈 것 같아

아, 두 팔 벌려 맨발로 나무처럼 서 있으면

한낮의 고요 또한 푸르게 푸르게 잎 나부낄 것 같아

너와 나 사이, 끊긴 정관 이어져 맑은 물줄기의 길이 열릴 것 같아

푸른 잎사귀가 마른 뺨에서도 돋아나네

푸른 엽맥의 누이 발 끝에서도 돋아나네

또 그렇게 서서 새가 날아올 때까지 피 말리고 살 말리다 보면

마음 또한, 산뻐꾸기 울음소리로 무거워 제 가지 뚝 부러뜨린
다 해도

맨발로 마당에 나가 팔 벌려 서 있고 싶어지네

겨우 다람쥐 두 마리가 마당을 찾아왔을 뿐인데

찾아와, 잠시 놀다 갔을 뿐인데

도장골 시편
—담쟁이 넝쿨의 푸른 발들

철제로 된 조립식 건물의 벽에 마른 담쟁이 넝쿨들이 매달려 있다

누가 줄기 밑둥을 낫으로 잘라버렸는데도

마른 넝쿨의 줄기들은 떨어지지 않고 매달려 있다

철제로 된 벽면, 페인트로 매끄럽게 도장이 된 표면을

미끄러지지 않고 기어올라 잎들을 피운 담쟁이 넝쿨, 넝쿨들

그 끈질긴 포복의 생리가 궁금해, 바싹 마른 넝쿨의 줄기를 떼내어 보니

엷게 도장이 된 철제 벽면의 페인트 속을 파고들어

무수히 발자국 박아놓은 담쟁이 넝쿨의 깨알 같은 발, 발들

모래밭에 찍혀 있는 새의 작은 발자국 같은 그 앙징맞은 무늬, 무늬들

담쟁이 넝쿨은 새의 발자국 같은 그 여린 발들로, 마치 바느질
을 하듯

한 땀 한 땀 무거운 줄기들을 밀어올려 푸른 잎사귀들을 피웠
을 것이다

푸른 잎사귀들을 피워올려, 햇살을 오디처럼 따먹었을 것이다

오디 먹은 입은, 푸르게 푸르게 웃었을 것이다.

그래서 담쟁이 넝쿨은 자신의 줄기 밑둥을 누가 낫으로 날카롭
게 잘라놓고 가도

그 기억으로, 빙판 같은 차가운 철제 벽면에서도 떨어지지 않
고 견뎠을 것이다

줄기 밑둥을 잘려, 바싹 말라 풍화되어가면서도

오디 먹어 푸른 잎은, 아, 푸른 입들을 매단 줄기들은

도장골 시편
—부레옥잠

아내가 장바닥에서 구해온 부레옥잠 한 그루
마당의 키 낮은 항아리에 담겨 있다가, 어제는 보랏빛 연한 꽃
을 피우더니
오늘은 꽃대궁 깊게 숙이고 꽃잎 말리고 있다
그것을 보며 이웃집 아낙, 꽃이 왜 저래? 하는 낯빛으로 담장
에 기대섰을 때
저 부레옥잠은 꽃이 질 때 저렇게 고개 숙여요—, 하고 아내가
대답하자
밭을 매러 가던 그 아낙, 제 꽃 지는 자리 아무에게도 보이고
싶지 않은 모양이구먼—, 한다

제 꽃 지는 자리, 아무에게도 보이고 싶지 않은 그 꽃
제 꽃 진 자리, 누구에게도 들키고 싶지 않은 그 꽃

몸에 부레 같은 구근을 매달고 있어, 물 위를 떠다니며 뿌리를
내리는

물 위를 떠다니며 뿌리를 내려, 아무 고통도 없이 꽃을 피우는
것 같은

그 부레옥잠처럼
일생을 밭의 물 위를 떠흐르며 살아온, 그 아낙

오늘은 그녀가 시인이다

몸에 슬픔으로 뭉친 구근을 매달고 있어, 남은 생
아무 고통도 없이 꽃을 피우고 싶은 그 마음이 더 고통인 것을
아는

저 소리 없는 낙화로, 살아온 날 수의 입힐 줄 아는—

도장골 시편
— 재봉틀

풀밭 위에 재봉틀 한 대가 놓여 있다
365일 수의를 짓느라 낡아지고 칠 벗겨진 재봉틀.
순한 눈망울의 맹인 안내견처럼 풀밭에 앉아 있다
그 푸른 지팡이에 이끌려온 내 만혼晚婚의 날들.
된장독 이불 보따리 같은 가재도구들을 곁에 부려놓고
신호등 앞에서 앞발을 모으고 있는 것처럼 앉아 있다
저 신호등의 색깔이 푸른 제비꽃으로 바뀌면
또 어디로 가나? 눈 깜박이는 나비 한 마리
재봉틀 위에 날아와 앉아, 낯선 길을 눈새김 하듯 날개를 접는
다. 풀로 만들어진 수의
풀의 실을 뽑아 지어진 옷을
매일 하루 하루에게 입히며, 그대 위해 옷 한 벌 지어본 적 없는
품삯, 풀에서 뽑아낸 실로 지어
풀처럼 깨끗이 삭아갈, 또 하루를 꿈꾸는지
나비가 팔랑 나래를 펴고 울타리를 넘어 날아간다
풀의
옷은, 풀잎이듯
태우면 고운 재의 입자粒子만 남는, 눈길 거두고
몸 일으킨 맹인 안내견, 목줄 내밀어 새로 이삿짐을 푼 집의 방

<u>으로</u>
다시, 나를 데려갈 것이다
풀밭 위에
놓여 있는 재봉틀 한 대,
황혼을 이끌고 온 해거름의 일꾼처럼, 순한 눈망울을 껌벅이며
마당가에
앉아 있는, 내 만혼晩婚의
텃밭.

도장골 시편
―목탁조

딱따구리가 나무 쪼는 소리 들린다. 올려다보니 숲의 밤나무
등걸에 앉은 오색 딱따구리이다
  뾰족한 부리가 벌레를 잡기 위해 나무를 쪼을 때마다, 청아한
목탁 소리가 흐른다
  수직의 나무 등걸에 매달려서도 저렇게 맑은 소리를 내다니!
  내 고사목의 등걸에도 푸른 벌레가 깃든 것 같아, 전신이 가렵다

  그 딱따구리가 방 안에도 앉아 있다. 백지를 펴놓고 책상 앞에
조는 듯 앉아 있다
  그러나 그는 쉬지 않고 백지의 나무 등걸을 쫀다. 뾰족한 부리
로 두터운 나무 껍질 속을 파고들어
  그 속에 굴을 파고 숨어 있는 먹이를 찾아낸다
  그렇게 먹이를 쪼을 때마다 부리에는 푸른 즙이 흐른다. 엽록
의 수액을 먹고 자라 몸이 푸른 벌레
  그 혈거穴居의 언어를 쪼기 위해 직벽의 까마득한 백지에 매달
려 있는 딱따구리, 뾰족한 부리의 오색 딱따구리
  벌레를 잡을 때마다, 부리도 푸르게 물든다

  술집에도 그 딱따구리가 앉아 있다. 우연히 합석하게 된 송년

의 어느 술자리 모임
  앞에 앉은 이승훈 선생께서 요즘 어떻게 지내? 하고 묻길래,
그저 세 끼 밥은 먹고 지냅니다—하고 대답했더니, 그때 곁에 앉
아 있던 이문재 시인이 하루 한 끼만 먹어요—한다
  순간, 머릿속이 비어지며 눈 앞이 아득히 흐려진다

  하루 한 끼—, 시를 위한 그 스스로의 가난.

  다시 이사 온 집,
  아내가 비탈밭을 일구어 상추를 심는다. 오이도 심고 옥수수도
심고 수박까지 심는다
  나는 고춧대를 세울 나뭇가지를 낫으로 다듬어, 망치로 땅에
박아준다
  그렇게 일용할 양식이 자랄 수 있도록 버팀목을 세워주고, 다
시 방의 책상 앞에 앉는다

  딱따구리여, 날아오라
  내 몸에 벌레 키워, 너를 힘껏 안아주겠다

윤제림

손목 외

1959년 충북 제천 출생. 1987년 《문예중앙》으로 등단.
시집 『삼천리호 자전거』『미미의 집』『황천반점』『사랑을 놓치다』등.

손목

나 어릴 때 학교에서 장갑 한 짝을 잃고
울면서 집에 온 적이 있었지
부지깽이로 죽도록 맞고 엄마한테 쫓겨났지
제 물건 하나 간수 못하는 놈은
밥 먹일 필요도 없다고
엄마는 문을 닫았지
장갑 찾기 전엔 집에 들어오지도 말라며.

그런데 저를 어쩌나
스리랑카에서 왔다는 저 늙은 소년은
손목 한 짝을 흘렸네
몇 살이나 먹었을까 겁에 질린 눈은
아직도 여덟 살처럼 깊고 맑은데
장갑도 아니고 손목을 잃었네
한하운처럼 손가락 한 마디도 아니고
발가락 하나도 아니고
손목을 잃었네.

어찌 할거나 어찌 집에 갈거나

제 손목도 간수 못한 자식이.
저 움푹한 눈망울을 닮은
엄마 아버지 아니 온 식구가, 아니
온 동네가 빗자루를 들고 쫓을 테지
손목 찾아오라고 찾기 전엔
돌아올 생각도 하지 말라고.

찾아보세나 사람들아
붙여보세나 동무들아
고대로 못 붙여 보내면
고이 싸서 동무들 편에 들려 보내야지
들고 가서 이렇게 못쓰게 되었으니
묻어버려야 쓰겠다고
개 엄마 아버지한테 보이기라도 해야지
장갑도 아니고
손목인데.

노인은 박수를 친다

약수터 옆 소나무 아래서
노인이 박수를 친다
산을 보며 박수를 친다
몸에 좋다니까 손뼉을 친다고?
아니다 추풍낙엽,
파하고 돌아가는
가랑잎 단풍잎한테 잘 가라
하직인사를 하는 것이다.

봄이 오면 노인은
다시 저기 와서 박수를 칠 것이다.
산을 보며 박수를 칠 것이다
꽃들에게 어서 오라고?
아니다 화란춘성,
꽃 시절을 다시 맞는 스스로에게
격려의 갈채를 보낼 것이다.

어느 날인가는

어느 날인가는 슬그머니
산길 사십 리를 걸어내려가서
부라보콘 하나를 사먹고
산길 사십 리를 걸어서 돌아왔지요

라디오에서 들은 어떤 스님 이야긴데
그게 끝입니다.
싱겁지요?

소쩍새

남이 노래할 땐
잠자코 들어주는 거라,
끝날 때까지.

소쩍……쩍
쩍……소ㅎ쩍……
ㅎ쩍
……훌쩍……

누군가 울 땐
가만있는 거라,
그칠 때까지.

지하철 정거장에서

대청소 중인 지하철
정거장 화장실에서 오줌을 누고
해가 중천에 있는 철교를 건너
집으로 간다.

화장실 청소는 언제 끝날까
순희는 몇 시쯤 집으로 갈까.

청소당번이 아닌
나는
일찍 집으로 간다.

죽은 시계를 땅에 묻는다
— 해시계 1

"일어나라,
　해가 똥구멍을 찌른다
　……해 다 간다
　날 저문다"

시계가 멈췄다, 바늘이 누웠다
그녀가 죽었다.

죽은 시계를 땅에 묻는다.

천년 묵은 시계가 있다

말하자면, 그는 여기
용문산에서 시계를 버린 것이다.

마의태자 지팡이였다는
저 은행나무,
뱃속엔 아직 있으리
금강산 따라가던 긴 그리메.

천년 묵은,
신라의 시계.

이 재 무

邪離庵을 찾아서 외

1958년 충남 부여 출생. 1983년 《삶의 문학》으로 등단.
시집 『섣달그믐』 『온다던 사람 오지 않고』 『위대한 식사』 『푸른 고집』 등.
〈난고문학상〉 수상.

邪離庵을 찾아서

경북 청도군 운문사에서 분가한 듯
산 중턱에 자리한 조그마한 암자 찾아
경사 60도가 넘는 가파른 산길 오른다
절로 허리 꺾이고 더운 숨 목 가득 차오른다
아무렴, 부처 만나는 일 수월해서야 쓰겠는가
죄와 이별하기 위해 치르는 값 헐해서야 되겠는가
투덜대는 무릎과 허리 달래며 오른다
살면서 지은 죄 많아 내 몸은 죽죽,
팥죽 같은 땀 흘린다 이렇게 몸속에서 솟아나는
죄 죄다 흘려보내고 덜어내면 나 죽은 뒤
한 줌 재로 남은 내 몸에서 단 한 알의 사리
얻기는 얻을 것인가 어림도 없는 공상에도
젖어보면서 사리암 찾아가는 길
오래전 잃어버린 나를 찾아가는 길
불볕더위는 수백 수천 개의 불 품은 화살이 되어
표적인 양 내 몸에 와서 꽂힌다

젊은 꽃

그의 피부는 검다 그도 한때 남부럽지 않은
푸른 몸의 빛나는 광휘를 지닌 적이 있다
그러나 누구에게나 평등하게 찾아오는 가혹한
시간의 시련을 그 또한 벗어날 재간은 없었다
검은 피부는 지나온 생의 무늬일 뿐
의지와는 상관없는 것이다
하루의 팔 할을 사색으로 보내는 그는
긴 항해 마치고 돌아온 목선처럼 낡고 지쳐 있지만
바깥으로 드리운 그늘까지 늙은 것은 아니다
주름 많은 몸이라 해서 왜 욕망이 없겠는가
봄이면 마대자루 같은 그의 몸에도 연초록
희망이 돋고 가을이면 붉게 물드는 그리움으로
깡마른 몸 더욱 마르는 것을
사랑에 노소는 없다
늙은 나무가 피우는 저 둥글고 환한 젊은 꽃
찾아와 붐비는 나비와 별들 보라

예술론

문배마을 구곡폭포는 들은 바대로 가히 절경이었다
높이와 폭 모두 이름값을 하고 있었던 것이다
때마침 폭포는 얼어 있어서 그 위세가 더욱 당당하였다
빙벽은 추상 같아서 바라보는 것만으로도 숨차올랐다
생동하는 추사 김정희 필체, 절대한 위임
하지만 그 앞에서 새삼스럽게 경이를 표하고
주눅 든 어제오늘 읽는 일 따위는 접자
거듭 눈길 묶는 수직 타는 거미 인간들
저들의 무용한 놀이야말로 지극한 아름다움 아니냐
목숨 거는 일에 꼭 이유가 있어야 하나
절경은 사람의 목숨 한없이 빨아들인다
영하의 날씨 매섭게 눈과 바람 몰아왔지만
그럴수록 내 몸은 홍역 앓는 듯 신열로 달아올랐다
어쩌면 위세가 당당한 것은 폭포가 아니라
무용한 놀이 즐기는 저 투명한 정신에 있었는지 모른다
무기교의 동작 속에 한순간의 방심도 허용치 않는
매순간의 인간의 생사가 달려 있었던 것이다

신발을 잃다

소음 자욱한 술집에서 먹고 마시고 웃고 떠들고
한참을 즐기다 나오는데 신발이 없다
눈 까뒤집고 찾아도, 도망간 신발 돌아오지 않는다
돈 들여 장만한 새 신 아직 길도 들이지 않았는데
감쪽같이 모습 감춘 것이다 타는 장작불처럼
혈색 좋은 주인 넉살 좋게 허허허 웃으며 건네는
누군가 버리고 간 다 해진 것 대충 걸쳐
문밖 나서려는데 기다리고 있었다는 찬바람,
그러잖아도 흥분으로 얼얼해진 뺨
사정없이 갈겨버린다 얼굴도 이름도 모르는
구멍난 양심에 있는 악담 없는 저주 퍼부어대도
맺혔던 분 쉬이 풀리지 않는데
어느만큼 걷다보니 문수 맞아 만만한 신
거짓말처럼 발에 가볍다
투덜대는 마음 읽어내고는 발이 시키는 대로
다소곳한 게 여간 신통방통하지가 않다
그래 생각을 고치자
본래부터 내 것 어디 있으며 네 것이라고 영원할까
잠시 빌려쓰다가 제자리에 놓고 가는 것

우리네 짧고 설운 일생인 것을.
새 신 신고 갔으니 구린 곳 밟지 말고
새 마음으로 새 길 걸어 정직하게 이력 쌓기 바란다
나는 갑자기 새로워진 헌 신발로, 스스로의 언약을
때마침 내리기 시작한 새 눈
인주 삼아 도장 꾹꾹 내려찍으며
영하의 날씨 대취했으나 반듯하게 걸어 집으로 간다

아버지

어릴 적 아버지가 삽과 괭이로 땅 파거나
낫으로 풀 깎거나 도끼로 장작 패거나
싸구려 담배 물고 먼 산 바라보거나 술에
져서 길바닥에 넘어지거나 저녁 밥상 걷어차거나
할 때에, 식구가 모르는 아버지만의 내밀한
큰 슬픔 있어 그랬으리라 아버지의 큰 뜻
세상에 맞지 않아 그랬으리라 그렇게 바꿔
생각하고는 하였다 그러하지 않고서야
아버지의 무능과 불운 어찌 내 설움으로
연민하고 용서할 수 있었겠는가 그러나 그날의
아버지를 살고 있는 오늘에야 나는 알았다
아버지에게 애초 큰 뜻 없었다는 것을
그저 자연으로 태어나 자연으로 살다갔을
뿐이라는 것을 채마밭에서 풀 뽑고 있는
아버지는 그냥 풀 뽑고 담배 피우는 아버지는
그냥 담배 피우고 있었을 뿐이라는 것을
늦은 밤 멍한 눈길로 티브이 화면이나 쫓는
오늘의 나를 아들은 어떻게 볼까
그도 나를, 나 이상으로 읽고 있는 것은 아닐까

아들아, 자본의 자식으로 태어나 자란 아버지는
자본 속을 살다 자본에 지쳐 돌아와
멍한 눈길로 그냥 티브이를 보고 있는 거란다
나를 보는 네 눈길이 무섭다
아버지들은 아주 먼 옛날부터 오늘에까지
연장으로 땅을 파거나 서류를 뒤적이거나
라디오 연속극 듣고 있거나 인터넷하고 있거나
배달되는 신문기사 읽고 있을 뿐이다
아버지에게서 아버지 너머를 읽지 말아 다오
아버지는 결코 위대하지 않다
이후로도 아버지는 그저 아버지일 뿐이다

과수원

가지마다 주렁주렁 열려 마음의 뜰 밝히는
저 많은 시월의 등불은 누가 다 켜놓은 것일까요
붉게 달아오른 둥근 얼굴들
자부로 가득한 표정입니다 단맛 가득 품고 있다가
누군가의 입 크게 웃게 만드는, 저 달디 단 사랑이
다짐과 의지만으로 가능한 것일까요
스스로 온전히 익는 것은 아무것도 없습니다
저 환한, 잘생긴 웃음은 그러므로
나무의 고된 노동이 지어낸 것 아닙니다
한여름 자지러지게 울며 서럽던 벌레,
연한 꽃살 파고들던 맑은 날의 별빛,
지붕의 기왓장 녹이고 건천의 자갈 구워먹고는
언덕 오르며 땀 뻘뻘 흘리던 염천의 햇살과
걸핏하면 가지와 잎에 와서 희롱하던 바람과
비 온 뒤에야 붐비던 냇물 등속 아닙니다
일등품으로 통통하게 볼살[肉] 오르게 한 것
과수와 더불어 살며 한숨 깊던
농어민 후계자 金氏의 걸쭉한 땀방울이 아닙니다
저 혼자서 스스로 온전히 깊은 생은 아무도 없습니다

우리 사람도 시월이면 더러 마음의 심지에 불 밝히고
사립 나서 하늘과 땅과 산과 먼 들녘 그윽하게
바라볼 줄 알아야 하겠습니다 공연히 숙연해져서
무엇이고 눈 닿는 것에 합장 올려야 하겠습니다
저 잘 익은 둥근 지혜 헤아려
다녀갔거나, 함께 걷거나, 다가올 인연에게
부디 옷깃 여며야 할 것입니다

解産

늦은 밤 산속 임자 없는 밤나무들
다 익어 영근 밤알 내기하듯
연달아 토해놓느라 날 새는 줄 모른다
도토리나무도 덩달아 바빠져서 바람을 핑계로
몸 흔들어댄다 아람 벌어져 떨어지는 다 여문
열매들 이마 때릴 때마다 산은 끙, 하고
돌아눕는다 설핏 잠든 다람쥐
두리번거리다 곧 알아차리고는 귀 한껏
열어젖혀 떨어지는 숫자 세다 지쳐 다시 잠든다
저 멀리 인간의 마을은 불 꺼진 지 오래
신혼방 엿보고 오는 길인지 얼굴 불콰한 달빛
숨 가쁜 소리 환한 숲속
나무들 몰래 일어나 바심하느라 여념이 없다
내일 多産 마친 나무들 눈빛 더욱 맑고
몰라보게 몸은 수척해 있으리라

장철문

하늘 골목 외

1966년 전북 장수 출생. 1994년 《창작과비평》으로 등단.
시집 『바람의 서쪽』 『산벚나무의 저녁』 등.

하늘 골목

꽃그늘에 서서
하늘에 건너간 꽃가지
그늘에 서서
아득히 하늘길 다녀왔느니,
처음인 듯
이 세상 한번은 살아볼 만한 것이었다

조붓한 골목 돌아
한길 나서 돌아보느니,
차창에 옛집 스치듯
그 지붕 너머 하늘 스치듯
어느새 어스름 속에 보이지 않는 것이었다

세상에 와서
그런 골목 몇 채 걸어나왔느니,
이 세상에 내가 지은 집이란
그 골목 끝에 걸어둔 하늘 몇 채인 것이었다

秋夕

저 둥글고 빛나는 것이 떨어지지 않고
하늘에 떠 있다

그날 저녁 내가
할머니의 수제비 반죽을 집어던진 것이 그만
저 먼 곳에 가서 빛을 얻은 것이다

저 크고 희게 빛나는 것이
딸아이를 향해 자꾸 수제비를 빚어 던진다

늦단풍

서른두 가마니의 참숯을 들이부었다

뻥 뚫린 풍구다

대장장이의 얼굴이 서쪽으로부터 발그레하다

지겹다

여기저기 이틀이 멀다 하고 부쳐오는 우편물이 지겹다
봉투를 뜯는 것이 지겹다
재활용 박스에 던져넣는 것이 지겹다
읽지 못했다는 부채감이 지겹다
쓰지 못한다는 부담이 지겹다
신통찮은 것밖에 갖지 못했다는 열패감이 지겹다
책을 쌓는 것이 지겹다
그 위에 또 책을 사다 쌓는 것이 지겹다
이를 악물고라도 읽지 않으면
몇 푼의 용돈마저 벌 수 없는 것이 지겹다
누구는 무슨 상을 탔고 누구의 정치는 낮고
안주만 씹는 것이 지겹다
시가 아니면 세상의 줄을 놓칠 것 같은 이 위기감이 지겹다
지겹다고 쓰는 것이 지겹다
내가 놓기 전에는 시가 놓지 않을 것을
또다시 확인하는 것이 지겹다
시가 삐긋이 얼굴을 디미는 순간으로부터,
소리개를 부양시키는 상승기류처럼 부풀어오르는 꿈이 지겹다
침이 튀기듯 바람이 빠져나가는 풍선처럼

구석에 처박힐 부풀어오름을 바라보는 것이 지겹다
날개를 펼친 소리개가 배경으로 삼는 창공의 꿈이 지겹다
지겨워하는 내가 지겹다

시여, 바라보고 바라보고 바라봐도 너는 왜 떨어지지 않느냐?

그 집 늙은 개

개가 짖는다
각목으로 우그러진 드럼통을 치는 것 같다
저 개의 머릿속은 비었을 것이다
그렇지 않고는 불량배가 목이 꺾인 중학생을 위협하려고
빈 드럼통을 때리는 소리가 날 수는 없다
저 개는 자기가 늙었다는 것을 안다
그래서 사람이 자기에게 다가오는 것이 두려운 것이다
주인은 가끔 구멍가게 앞 간이의자에서
세입자를 앉혀놓고 김치 안주에 맥주를 마시면서
저 개가 도사견이었다고 말한다
그러나 저 개는 한창때부터 절름발이였다
주인이 고깃근을 끊어다가 개에게 먹인 것은
세상에 한 번도 풀어놓지 못한 적선을
저 개의 목청으로 대리충족한 것이다
그러나 이제 주인도 늙어서
번번이 슬리퍼를 끄는 세입자들만 불러 앉힌다
저 개는 요즘 열애중이다
범퍼가 깨진 세단을 모는 옆집 중년여자가 집을 비우면
검버섯 핀 몸뚱이가 개구멍을 빠져나오고

저 개는 그 목덜미를 연방 핥는다
암캐는 한때 미용사에게 발톱을 깎았고,
거세의 순결을 지켰다
암캐가 저 개의 목청을 믿는 것은 아니지만
연방 목덜미를 내어미는 것은
한 생의 거세를 쓰다듬어줄 위로가 필요하기 때문이다
저 개도 암캐를 믿는 것은 아니면서
다른 목덜미를 찾아나설 기력을 잃었다
오늘도 저 개는 담장을 따라 개구멍 주위를 서성이며
이웃집 여자가 집을 비우길 기다리다가
초인종을 누르는 대머리 공인중개사를 보고 짖는다
주인은 저 개가 짐이라는 것을 알면서
개줄을 푼 채 내버려둔다
저것 말고는 자신의 존재를 확인해줄 다른 소리가 없기 때문
이다

뒤란의 눈을 위한 다례茶禮

큰 눈이 내렸다
하늘은 얼어터진 살을 뜯어 내던지는 것도
기쁨인가
기쁨의 뭉치들이 허공에 어지러운 발자국을 남기며
지우며 왁자지껄
한바탕 난장을 피우고 간 뒤
고요하다
뒤란의 개나리 철쭉 상수리 아카시 회양목
때죽나무 가지가 하얗다
웃음소리
멀고 깊은 곳의 웃음소리
하늘로 입김이 뿜어져 오르는
하늘에서 목젖이 보이는 웃음소리
하나의 기쁨으로부터 커다랗게 터져나오는 웃음소리
웃음소리를 듣고 서 있다
앉았다
다시 내다보면,
뺨을 치듯
한바탕 웃음소리 어느새 말끔히 걷혀

작년의 잎새들이 젖고

창을 열고 시린 바람을 들여 물을 끓인다

하느님의 부채

백 년 만의 무더위라던 올 여름은
히말라야에 눈이 많이 와서
전에 없이 시원할 것이라고 한다
말하자면 우리의 하느님은 그 먼 히말라야에도 계셔서
당신의 부채 바람이 여기까지 불어오는 것이다
바람의 날개가 티베트 일대 산록을 이륙해서
서역을 지나고 중화인민공화국을 지나
백두대간 언저리까지 그늘을 드리우며
동해로 빠진다는 것인데,
하루에 구만리를 간다는 대붕의 날개도
거기 대면 애개개,
겨우 소리개 날개쯤밖에는 되지 않는 것이다
눈의 집이라는 히말라야의 곳간이 얼마나 찬 것인지는 몰라도
그 하느님의 곡식이
죽부인도 되고
무좀 걸린 발을 씻는 여울도 되고 참!
당신의 부채가 도무지 맘먹고 장만한 에어컨쯤은
무용지물로 만들어버리는 것이나 아닌지 좀 불안하기는 해도
하여간, 말만 들어도 시원하기는 무진장 시원한 것이어서

당신의 그 서슬 푸른 흰 살이
바람도 되고
풍류도 되고
거울도 되어서
올 여름에는 내가 살아온 가벼운 내력이나 그 바람에 비춰봐야
겠다

조 용 미

자미원 간다 외

1962년 경북 고령 출생. 1990년 『한길문학』으로 등단.
시집 『불안은 영혼을 잠식한다』 『일만 마리 물고기가 山을 날아오르다』 『삼베옷을 입은 자화상』 등.
〈김달진문학상〉 수상.

자미원 간다

내가 이 세상에 살아 있다는 것,
오늘 하루 이 시간 속에 놓여 있다는 것은
저 바위가 서 있는 것과 나무의자가 놓여 있는 것과
무엇이 다를까

나를 태운 기차는 청령포 영월 탄부 연하 예미를 지나
자미원으로 간다
그 큰 별에 다다라서도 성에 차지 않는지
무한의 너머를 향해 증산 사북 고한 추전으로 또 달린다
명왕성 너머에까지 가려 한다

검은 탄광지대에 펼쳐진 하늘,
태백선을 타면 원상결 같은 작자와 시대 미상의 천문서를 탐하
지 않아도
紫薇垣에 닿을 수 있다
탄광 속에는 백일흔 개의 별이 깊숙이 묻혀 있을 것이다

그 별에 이르는 길은 송학 연당 청령포 영월 예미……

오늘 내가 이 자리에 있는 것,
북두칠성과 자미원의 운행을 짚어보는 것은
저 엄나무가 우뚝 서 있는 것과 새털구름이 지나는 것과
무엇이 다른 것일까

꽃잎

높은 곳에 서 있으면
바람의 힘을 빌려 몸을 날리는 꽃잎처럼
뛰어내리고 싶었다

허공으로 한 발짝씩 조심스럽게
발을 내딛는
봄 저물녘의 흰 꽃잎들

삶이 곧 치욕이라는 걸,
어떤 간절함도
이 치욕을 치유해주지 못한다는 걸

함석지붕에 떨어지는 소나기처럼,
붉은 땅 위로 내리꽂히는 장대비처럼,
어둑한 겨울숲에서 혼자 계곡으로 굴러떨어지는
동백의 모가지처럼

높은 곳에 서 있으면
발 아래 까마득한 것들 다 공중으로

불러들이고 싶다

역류하는 것들의 힘으로
떨어지는 나는 폭발물이다

바람의 행로

폭풍이 지나가고 있다
바람을 못이기고 쓰러져 누운 나무들
사이에 우두커니 서 있다

나무들이 증명하는 바람의 행로,
심지가 곧은 것들은
저렇게 生을 다해 단 한 번
꺾어지는 것

사원을 뒤덮어 폐허를 구축한 케이폭나무는
폐허의 뒤에도 살아남으려는 욕망으로
뿌리의 긴 발톱을
사원의 지붕 위에 박아넣고 있었다

탑을 움켜쥐고 있는 나무의 욕망이
사원을 지탱한다

깨어진 돌에 새겨진 범어처럼
문 하나하나마다 또 다른 세상이 나타나는

새로운 폐허인,
어느 먼 유적지에서처럼 나는 중얼거린다

삶의 미망에서 깨어나기 위해서는
반드시 팔만의 장경과 일천칠백의 선의 공안이
필요한 것은 아니리라

폭풍이 지나갔다
부러진 나뭇가지의 잎들이 말라가고 있다
바스락 바스락 숲속에서
염소들이 먹을 것을 찾아다니고 있다

큰고니

까마귀는 흰 피를 가지고 있을 것만 같다
까마귀의 흰 피로 나는 무엇을 쓸까
검은 종이에 피보다 붉은 어떤 말을 적을 수 있을까

내 안에 또 무엇이 들어왔나 보다
몸이 일으켜지지 않는다
수로의 버드나무들이 달빛을 받아 빛나고 있다

달빛이 물밀 듯 방 안으로 들어오는
조그만 방을 하나 가지고 싶다
그 방에 幽虛齋를 옮겨가도 좋으리라

눈부시도록 긴 목을 한 큰고니는
목에 얼굴을 묻고 가만히 수면 위에 떠 있었다
슬픔 때문에 목이 점점 더 길어지는지

멀리 있는 큰고니를 오래 보느라
눈이 깊어지고 목이 길게 늘어났다
하루 사이 목이 길어지고, 겨울 내내 목이 길어진다면

날지 않는 새가 가진 날개의 무게를
내가 대신 등에 질 수 있을까
아무리 발버둥쳐도 벗어나지 못하는 슬픔이 있다

모란낭

모든 무덤에는 영혼이 드나드는 통로, 門이 있다
제주의 무덤은 돌담으로 둘러쳐져 있다
오름의 안팎에 놓여 있는 무덤을 둘러싸고 있는 것은 산담이다

섬사람들은 일만 팔천의 신들이 잠시 지상을 비운 사이인 신구
간에 이사를 한다
바람의 신 영등신이 멀리 강남천자국에서 북서계절풍을 몰고
올 때 영등굿을 한다
산담에 모란낭을 심는다

산담은 직사각형이 아닌 사다리꼴이다
사다리꼴의 앞면은 무한대로 열려 있고 네 꼭짓점은
기와집의 처마처럼 끝이 살짝 올라가 있다

산담에는 나지막하고 조그만 門이 나 있다
영혼의 울타리, 산담에는 모란낭의 줄기가 거미줄처럼 뻗어
있다
검은 돌들을 아래에서부터 꽉 움켜쥐고 있는 모란낭은
神門을 지키는 사천왕이다

모든 입구에는 門이 있다
삶의 입구에 있는 門은 죽음이다
그 門을 열고 들어가는 자에게는 삶이 주어진다

面碧

위를 보아도 아래를 보아도 푸른빛 일색이다
사방을 잘게 나누어 자근자근 입 안에 넣어 씹어보아도
푸른 물만 혓바닥에 든다면
당신은 몸을 어디로 세울 것인가

저녁 나절의 서쪽을 택한다고 피할 수 있는 일은 아니다
범섬 섶섬 문섬 서건도 온평리 와흘리
북촌리 너분숭이 앞에서나 곶자왈에서도
나는 돌아서 面碧하곤 했다

붉은빛은 푸른빛이 타버린 재에서 나온
마지막 빛이라는 걸
섬을 몸 안으로 자꾸 들여놓다 보면 알게 된다

밤낮이 푸른빛의 굉음으로 소란하다
까마귀쪽나무나 담팔수가 그 소란을 다 받아내어도
귀에 쟁쟁한 그 소리들은
애기무덤이나 쇠소깍까지 따라온다

잔인하고 휘황한 그 빛을 따라
지상에서의 발걸음이 아닌 걸음걸이로 휘적휘적
영등달의 며칠 섬을 한 바퀴 돌아다니다 보면
내가 데리고 온 차갑고 이글거리는 푸른빛들은

다 어디로 사라졌는지
푸른빛의 손아귀를 벗어나느라 붉은빛으로 도망간 사람의 눈이
잿빛으로 변했다는 걸
당신에게 말해주어야 할 텐데

벌어진 흉터

영휘원의 오래된 산사나무 둥치
회갈색 껍질이 열 십 자로 갈라져 있다

열 십 자의 흉터
불에 덴 자국
잊혀지지 않는 기억들

흉터,
모든 기억이 흉터라면
우리 몸은 흉터의 성전

흉터의 성전인
우리 몸에 바쳐지는 제물들,

산사나무
오래 웅크린 듯 걸어온 듯
회갈색 껍질이 열 십 자를 그리고 있다

저 열 십 자의 벌어진 흉터를

다물게 할 수 없다

다물어지지 않는 흉터에는
오래 참아온 비명이 눌러붙어 있다

차창룡

긴 여행 외

1966년 전남 곡성 출생. 1989년 《문학과사회》로 등단.
시집 『해가 지지 않는 쟁기질』 『미리 이별을 노래하다』 『나무 물고기』 등.
〈김수영문학상〉 수상.

긴 여행

천수만에는 여행중인 새들
게스트하우스는 연일 만원이다
여행중에는 항상 부지런해야 한다는 것을
평생 역마살이 낀 새들은 알고 있는 것일까
해가 뜨기 전 그들은 벌써 솟아오른다
태양을 향해 햇빛을 먼저 보기 위해
구름 구름 구름이 되는 새들
태양은 구름을 뚫고 간월암을 비추어라
구름 속에서 뛰어내린 기러기는 낟알을 줍고
구름과 함께 내려온 오리들은 물속에 처박혀
스노클링을 한다 물속이 궁금해진 사람들이
망원경으로 새들을 보면
물안경을 쓴 새들의 눈동자에 물속 세계
개우럭이 오리의 부리에서 갈기갈기 찢어질 때
햇살은 눈이 부셔 오리를 팽개친다
몸부림을 치며 물속에 숨는 오리
그렇게 여행자의 하루는 스노클링으로 마감한다
여행자들이여 아무 일 하지 않느라 수고 많았을
하루를 위해 술집으로 가거라

낟알이나 세던 기러기들이 약속장소로 날아오르고
스노클링으로 하루를 허비한 오리들도 동료들을 모으더니
다시 하늘은 기러기와 오리의 구름이더니
굴밥과 어리굴젓을 파는 술집에 기러기떼 오리떼
나도 그 틈에 끼어 새밥을 잘 먹고 술도 한잔
아직도 여행중이시오 물으면
고단한 새들을 태우고 간월암은 바다 가운데로 들어간다

기러기의 뱃속에서 낟알과 지렁이가 섞이고 있을 때

강가에 물고기 잡으러 가던 고양이를 친 트럭은
놀라서 엉덩이를 약간 씰룩거렸지만
아무렇지도 않게 북으로 질주한다
숲으로 가던 토끼는 차 바퀴가 몸 위를 지나갈 때마다
작아지고 작아져서 공기가 되어가고 있다
흰구름이 토끼 모양을 만들었다
짐승들의 장례식이 이렇게 바뀌었구나
긴 차량 행렬이 곧 조문 행렬이었다
시체를 밟지 않으려고 조심해도 소용없다
자동차가 질주할 때마다 태어나는 바람이
고양이와 토끼와 개의 몸을 조금씩 갉아먹는다
고양이와 토끼와 개의 가족들은 멀리서 바라볼 뿐
시체라도 거두려고 하다간 줄초상 난다
장례식은 쉬 끝나지 않는다
며칠이고 자유로를 뒹굴면서
살점을 하나하나 내던지는 고양이 아닌 고양이
개 아닌 개 토끼 아닌 토끼인 채로 하루하루
하루하루 석양만이 얼굴을 붉히며 운다
남북을 자유자재로 오가는 기러기의 뱃속에서

낟알과 지렁이가 뒤섞이고 있을 때
출판단지 진입로에서도
살쾡이의 풍장風葬이 열하루째 진행되고 있다

여자의 짝은 결국 여자였다

생활고 때문에 아내와 싸운 아침
바다로 출근하는 한강물에 뛰어들고 싶다
한강이여 나를 다시 새우로 태어나게 해주련
한강은 풍덩 가슴을 벌려 나를 안는다
윤회의 굴레에서 벗어날 수 없다면 이 여자의 자궁에서
가장 작은 생물로 태어나게 해달라 발원하는데
한강은 묵묵히 북쪽으로 달려갈 뿐이다
오두산 근방에 안개가 자욱하게 끼더니
북쪽에서도 홀연 남으로 오는 여자 있어
나는 그녀의 치맛자락을 붙잡고 또 빌어본다
당신의 자궁에서 플랑크톤이나 되게 하소서
그 은혜 현금서비스 받아서라도 갚으오리다
한도가 꽉 찼다는 걸 아시는지
두 여자 내 목소리에는 아랑곳없이
서로 껴안고 사타구니를 부빈다
여자와 여자가 이래도 되는 것인가
두 여자 온몸으로 교접하고 있을 때
거품이 부글부글 일어나면서
서해에서는 갯지렁이와 꽃게와 낙지와 전어가 태어나고

홍합과 굴이 바위에 덕지덕지 붙어 있다
서쪽을 향해 그토록 부지런히 달려왔던 두 여자
여자의 짝은 결국
아니 어쩌면 처음부터 여자였다
하류에 와서 한강과 임진강은 비로소 제 짝을 만나
서해를 낳았다

행복은 슬프다
―송일곤 감독의 영화 〈깃〉

행복하다는 것은 슬픈 일이다
행복하다는 것은 슬픈 일이다
행복하다는 것은 슬픈 일이다

바다는 세 번이나 내게 똑같은 말을 했다
그리고는 네 번이나 전혀 다른 말을 했다

행복하지 않다는 것은 슬픈 일이다
똑같은 말을 또 쓰는 것도 슬픈 일이므로
한 번만 쓰자 바람이 연신 고개를 끄덕거린다

바다에서 슬픈 냄새가 밀려왔다
폭풍이 화려한 춤을 추었다

묘지에서 너와 나는 만났다
그것은 크나큰 행복이었다
묘지는 참 할 말이 많았다

우물

아흐메다바드의 다다 하리 와브Dada Hari Wav는 건축물로서의 우물이다. 물의 집, 이토록 호화로운 주택을 소유한 물이 어디 있으랴. 그러나 물은 새가 되어 날아가버렸으니, 물의 죽음만이 아직도 남아 넓은 집안을 쓸쓸히 지키고 있다. 인도의 3대 건축물인 타지마할은 죽은 사람의 집이고, 엘로라 16번 동굴은 죽은 신의 집이며, 그리고 이곳 다다 하리는 죽은 물의 집. 죽음이란 공기空氣이다.

둥근 하늘에 뜬 가오리연
한 마리의 새로 변하더니
마른 우물 속으로 날아들어온다
화들짝 공기들이 놀란다

우물이란 물을 퍼내는 곳이니, 원칙적으로 우물은 물의 집이 아니다. 물은 현상적으로 그곳에 살고 있었으나, 사실 땅속 깊은 곳에 그들의 도시가 있고, 하늘 높은 곳에 그들의 나라가 있었다. 우물은 물의 임시숙소이자 버스정류장이자 기차역이자 공항이자, 사형장일 뿐이었으니, 어느 날 물은 반란을 일으켰고, 반란에서의 승리는 물의 죽음이었다.

이 도시 아흐메다바드*의 주인은
공기를 잡아먹는 매연과 배기가스
공기는 도시를 배회하다
새의 뒤를 밟은 끝에 우물을 찾았다

　우물 속에는 이제 공기가 살고 있다. 물은 퍼내면 마르지만, 공기는 아무리 퍼내도 마르지 않는다. 물보다 공기가 진한 것이다. 부드러운 것이다. 공기인 죽음이 물인 삶보다 강한 것이다. 물 없는 우물에 물고기 대신 새가 둥지를 틀었다. 알 세 개가 어미새의 엉덩이를 받치고 있다. 알 속에 무엇이 들어 있길래? 어느 날 세 개의 알 속에서 공기가 푸드덕 날아올랐다.

　* 인도 구자라트 주에 있는 도시 아흐메다바드에 도착하자마자 사람들은 숨이 턱 막힌다. 스모그로 인해 100미터 전방이 잘 보이지 않는다. 그러나 곧 사람들은 아무렇지도 않게 거리를 활보한다. No problem! 아흐메다바드는 공장이 많아 인도에서 비교적 잘사는 도시이니, 잘살기 위해서는 이만한 고통쯤이야 참아야지. 박수근 그림처럼 보이는 사람들이 아름답다. 샨티, 샨티, 샨티!

예술의 전당 꽝

꽝 꽈르르 꽝 꽈르꽈르 꽝
서울 서초구 서초동 칠백번지 예술의 전당으로 꽝
부지 칠만천이십육평 꽝 건축연면적 삼만육천사백칠평 꽝
꽈르꽈르 꽝 이 도량이야말로 우리 역사의 살아 있는 교과서
요 꽝
격조 높은 처세서이니 꽝 가요 꽝
앙리 카르티에 브레송의 말없는 사진도 보고 꽝
고급예술의 대중화를 위하야 꽝 귀로 보고 눈으로 듣는 클래식
도 감상함시롱 꽝
한껏 멋을 낸 강남 귀부인의 씰룩거리는 입술도 훔침시롱 꽝
귀부인의 뱃속을 기어나온 귀녀의 꽝 터질 듯한 교양도 배움시
롱 꽝
서양미술 사백년이 꽝 이 도량에서 돈 받고 꽝 면벽하는 모습
을 우러름시롱 꽝
꽈르르 꽝 배 타고 온 대영박물관을 어루만짐시롱 꽝 약탈하는
법도 배움시롱 꽝
사람의 목숨이 곧 파리 목숨과 한가지라는 그 오묘한 진리를
석가모니보다 더 확연하게 몸으로 깨달은
고승들보다 더 대덕大德한 전두환 장군의 사자후를 들어보시라

예―한국문화의 주체성을 확립하고 예―또 국제적 연대성을
높이기 위하야
아울러 강남의 땅값도 올리기 위하야 예―이곳에 민족적 역량
을 결집하야
본인의 머리 모양을 본뜨고 수―울 풀리는 본인의 운수를 기
초로 하야
예―술의 전당을 올리겠습니다 국민 여러부―운
좋은 게 좋은 것인 것이 예술 아니겠습니꺼
본인이 조성한 비자금에 비하면 뱁새발의 피도 안 되는 육백억
원의 공사비에
국민들의 피땀을 섞어 이렇게 예―술의 전당을 만들었으니
까네
온 국민이 예―술에 취해보실 것을 바라마지 않는 바입니다
이봐 노태우 머라 말을 해봐 아하 그라죠 성은이 하해와 같다
안카나요
그리하야 꽝 강남은 꽝 예―술에 취하야 꽝
예술의 전당과 더불어 꽝 부의 전당이 되었다는 소문이 꽝
꽈르르 꽝 오페라극장 가득 꽝 울려퍼지게 되었더라 꽝
서예관에서도 국악박물관에서도 한가람미술관에서도

원형광장에서도 전두환이 머리보다도 더 시원스럽게 뻥 뚫린
예술

아 그런데 한국문화의 주체성이 아니라 강남문화의 주체성이
우선적으로 확립되고

강남의 국제적 연대성이 허벌나게 높아지기 시작하면서

강남이 곧 가난한 대한민국으로부터 독립하여 미국의 한 주가
될 것이라는 소문이

쫙 만남의 거리에 꽝 전통한국정원에 꽝 야외극장에 꽝 장터
에 꽝

축제극장에 꽝 선비의 갓 모양을 본뜬 원형건물에 꽝

천둥으로 울리니 음악당이 부채 모양으로 쫙 펼쳐져 교양곡을
울렸더랬어요 어머

아름다워요 비로소 살맛이 나요 가뭄도 잊고 분수대에서 비가
오더란 말이에요

그래요 그래요 부동산으로 번 돈 예술적으로 쓸 수 있어서 참
예쁘기가

이순자 여사 같아요 잘허믄 김옥숙 여사도 따라갈 수 있을 것
같아요

이 역사적인 예—술의 전당으로 말헐 것 겉으면

천구백팔십사년 착공하여 천구백구십삼년

김영삼이 노태우와 손잡고 세계화를 실천한 그 역사적인 시대
적 전환기에 꽝

개관하여 얼씨구절씨구씨구씨구 지화자 오케이 노우 프라블럼
오 예스

강남의 정부는 드디어 미국의 한 새끼주의 새끼의 새끼의 새끼
가 되었으니

강남 주민은 꽝 새끼도 미국에서 낳고 미국에서 새끼 가르치고

잠시 돌아왔다가 군대 갈 때 되면 새끼들 얼른 꽝 미국으로 보
내지

그럼에도 불구하고 강남 주민들 자기 정부도 아닌디유 청와대
에서 부르기만 허믄유

만사를 제껴놓구설람 달려가는 투철한 봉사정신도 발휘헌듀

아 그것이 인생을 예― 인생을 수―울 풀어가는 방법이여 아먼

고걸 깨닫는 순간 인생은 축제여 예술이여 예술의 전당이여 전
당 중에 전당이구말구

자자 모이더라고 꽝 꽈르르 꽝 예술의 전당으로 일단 꽝

꽈르꽈르 꽝 자 꽝 모두 꽝 모두모두 꽝 예술이란 술 중에 술이
란 뜻이여 알겠냐

폭탄주 꽝 한잔씩들 허드라고 꽝 박정희와 전두환 덕분에 예―
술맛을 알아버린
이해찬 총리부터 쫙 쫘르르 꽝 쫘르르 꽝 쭉 꽝
다 마신 잔을 대머리에 털어봐 꽝 쫘르르 꽝
온 국민이 꽝 함께 꽝 예―술에 꽝
억수로 취해보라마 꽝 쫘르쫘르 꽝
꽝 쫘르르르르르르르르르르르르르르르르르르 꽝
보이나 예술의 전당 대머리에 머리가 숫아나꼬 있다마
안 그라나 꽐꽝

칼 가는 집

서산 개심사 허믄 삼삼허게 떠오르는 요사채가 있지 않는가, 아 고것이 고 대웅전 오른쪽에 있제, 아니 왼쪽에 있었던가, 와따 메 아리까리해부네 참말로, 아무튼 고 요사채 이름이 심검당尋劍堂이여, 고 심검당을 사유의 중심에 두고 심검당 뽀로 옆에서 무식無識을 이용허여 한바탕 넋두리를 용감하게 펼쳐볼란디, 들어볼랑가, 미안허시, 그냥 귀 막고 들어보드라고잉,

'심검당'은 '칼을 찾는 집' '칼을 가는 집'이란 뜻 아닌개비여, 잘 몰르지만 불도를 닦는 일을 칼 가는 일에 빗댄 것인갑서, 장자의 양생주養生主 편에 소 잡는 요리사 정丁의 이바구가 나오잖는가, 봤는가, 그가 바로 칼 한 개를 씹구 년이나 사용했다등만, 워메, 그가 잡은 소는 어림잡아 삼사천 마리가 된다꼬 그라드랑께, 와따 그의 칼은 항시 숫돌에서 간 것처럼 예리해부렀어, 워따메 그란께 정의 칼솜씨는 도의 경지에 이르러분 것 아니겄어, 칼을 써도 마치 칼을 쓰지 않는 것처럼, 고 칼이 소의 뼈와 뼈 사이를 지 맴대로 드나들어부렀당께, 소는 여물을 묵음시롱 배불러서 흐뭇한 표정을 지음시롱, 아니 사실은 무표정허게 나의 눈깔을 들여다봄시롱 지 몸이 칼날에 갈기갈기 찢겨지는 것도 모름시롱 죽어갔어, 무서븐 놈이라고, 아믄 무서븐 놈이제, 고놈헌테 걸렸다 허믄 뼈도 못추릴 일 아니드라고, 아니제, 뼈를 무지허게 쉽게,

앉어서 떡 처묵대끼 추려불 수 있겠구먼,

어찌됐든 심검당은 도라는 칼을 가는 곳이 맞는개비, 고 칼이
그야말로 자재로워질 때 고 칼을 쓰는 이의 도가 완성된다는 의미
를 품고 있다 요것이지, 요로코롬 무식헌 해석을 쥐덫 놓대끼 놓
아부러도 이해해줄랑가, 고맙구먼, 천둥이 좃나게 쳐부네, 워메,
글씨 심검당은 장자에 나오는 요리사의 칼솜씨처럼 자연스러울
필요가 있겠그만, 그려서 요 건물에는 산에서 자라던 나무들이 그
대로 걸어들어와 기둥이 되어부렀당께, 억수로 신기헌 일이여,

고렇다고 기둥에서 이파리가 시퍼렇단 말은 아니시, 식솔들은
다 떼불고 와부렀어, 처자식을 죽이고 싸움터로 간 계백처럼 말
이여, 와따 오늘 무서븐 이야기 허벌나게 해불고 있네잉, 그러다
보니까네 심검당은 어머니처럼 무지허게 늙었어, 죽어가고 있는
것이제,

자세히 들여다본께 심검당을 죽이고 있는 칼날이 있었어, 무시
무시혀, 본 적 있는가, 바로 요 세월이라는 칼이여, 바람이라는
칼이여, 세월이나 바람이나 한몸이여, 고 칼잽이가 바로 요리사
정보다 훨씬 뛰어난 칼잽이여, 세월이란 고 바람이란 칼잽이가
심검당 기둥의 나이테를 샅샅이 훑고 지나가도 고놈의 기둥들,
고 기둥들은 암시랑토 않당께, 암시랑토 않음시롱 솔솔 늙어가분

당께, 와따 요로코롬 말해불고 본께 수행해불 필요 없그만, 그양
바람이 되믄 될 것 아니여, 세월이 되야불믄 될 것 아니여, 가만
히 있어불믄 고것이 바람 아닌개비, 세월 아닌개비,

역대수상시인 근작시

뒤편 외
천 양 희

★　★　★

봄밤 외
김 사 인

★　★　★

묵집에서 외
장 석 남

천 양 희

뒤편 외

1942년 부산 출생. 1965년《현대문학》으로 등단.
시집 『신이 우리에게 묻는다면』『사람 그리운 도시』『하루치의 희망』『오래된 골목』『너무 많은 입』 등.
〈소월시문학상〉〈현대문학상〉 수상.

뒤편

성당의 종소리 끝없이 울려퍼진다
저 소리 뒤편에는
무수한 기도문이 박혀 있을 것이다

백화점 마네킹 앞모습이 화려하다
저 모습 뒤편에는
무수한 시침이 꽂혀 있을 것이다

뒤편이 없다면 생의 곡선도 없을 것이다

시인은 시적으로 지상에 산다

원고료도 주지 않는 잡지에 시를 주면서
정신이 밥 먹여주는 세상을 꿈꾸면서
아직도 빛나는 건 별과 시뿐이라고 생각하면서
제 숟가락으로 제 생을 파먹으면서
발빠른 세상에서 게으름과 느림을 찬양하면서
냉정한 시에게 순정을 바치면서 운명을 걸면서
아무나 말할 수 없는 것들을 말하면서
새 소리를 듣다가도 '오늘 아침 나는 책을 읽었다'고
책상을 치면서
시인은 시적으로 지상에 산다

시적인 삶에 대해 쓰고 있는 동안
어느 시인처럼 나도 무지하게 땀이 났다

* 연암 박지원의 글 「답경지答京之」에서.

너무 많은 입

재잘나무 잎들이 촘촘하다 나무 사이로 새들이
재잘댄다 잎들이 많고 입들이 너무 많다

이李 시인은
마흔 살이 되자
나의 입은 문득 사라졌다
어쩌면 좋담, 이라 쓰고 있다
그런데 어쩌면 좋담
쉰 살이 되어도 나의 입은
문득 사라지지 않고
목쉰 나팔이 되어버렸다
어쩌면 좋담?

다릅나무 잎들이 촘촘하다 나무 사이로 새들이
다른 소리를 낸다 잎들이 다르고 입들이 너무 다르다

마들은 없다

마들상가 뒤쪽을 몇 바퀴 돌았다
빌딩숲에서 길 잃은 말처럼 돌아나오며
나는 잠시 두리번거린다
들판은 어느 쪽일까 방향을 몰라
주택공사 앞 계단 아래, 말뚝처럼 서서
말 울음소리 들리는 듯 귀를 세운다 비오는 저물녘
헐한 저녁이 내 허공을 꽉 채운다
저 빗소리 저 어둠도 오래 내릴 들판이 있던가
고위층처럼 뽐내는 고층빌딩들
공중에다 몰래 제 속을 허문다
차들에 밀려 마들은 한쪽으로 기울고
말발굽 소리 언제 내 가슴 들이받고 사라져버렸다
나는 말이 뛰놀던 들에 대해 생각해보았다
지나간 것은 지나가버려 아득하고
들판 너머 마을이 멀다
옛 들판 옛 바람 돌이킬 수 없어
말보다 들이 무섭다며 사람들이 마들을 빠져나간다
있다가도 없는 게 생生이다, 마들이여
나는 너에게 줄 야마野馬*도 없는데

내 생각은 말의 안장처럼 세월 위에 얹힌다
누가 나에게 사는 일 깨닫게 하려고 나쁜 일도 주는 걸까
어딘가 들판 그리운 사람 있을 듯
헐렁한 내 신발은 아직 집 밖에 있다
여기서 마들 찾을 길 없고 이 길 한쪽에서
생각나는 것은 우리의 생이 그렇듯
마들이 말의 들인 줄 모르고 모르므로
이제 마들은 없다

* 아지랑이를 뜻함.

벌새가 사는 법

벌새는 1초에 90번이나
제 몸을 쳐서
공중에 부동자세로 서고
파도는 하루에 70만 번이나
제 몸을 쳐서 소리를 낸다

나는 하루에 몇 번이나
내 몸을 쳐서 시를 쓰나

바람을 맞다

　바람이 일어선다 나무가 서 있는 곳은 초록빛 생명으로 가득
차 있다 나무는 영원한 초록빛 생명이라고 누가 말했더라 숲을
뒤흔드는 바람소리 〈마왕〉 곡 같아 오늘은 사람의 말로 저 나무들
을 다 적을 것 같다 내 눈이 먼저 하늘을 올려다본다 비가 오려나
거위눈별이 물기를 머금고 있다 먼 듯 가까운 하늘도 새가 아니
면 넘지 못한다 하루하루 넘어가는 것은 참으로 숭고하다 우리도
바람 속을 넘어왔다 나무에도 간격이 있고 초록빛 생명에도 얼음
세포가 있다 삶은 우리의 수난 목숨에 대한 반성문을 쓴 적이 언
제였더라 우리는 왜 뒤돌아본 뒤에야 반성하는가 바람을 맞고도
눈을 감아버린 것은 잘한 일이 아니었다 가슴에 땅을 품은 여장
부처럼 바람이 일어선다

구멍

많은 것을 잃고도 몸무게는 늘었다
언제부터 비명이 몸속으로 드셨나
근심을 밥처럼 먹고 병을 벗 삼아
자란 비명들
많은 것을 잃고도 몸무게는 늘었다
언제부터 비명이 맘속으로 드셨나
우울을 우물처럼 마시고 불안을 벗 삼아
자란 비명들

잃었거나 잊은 것보다
더 큰 생의 구멍이 있을까 탓하지 말자

김 사 인

봄밤 외

1956년 충북 보은 출생. 1982년 《시와 경제》로 등단.
시집 『밤에 쓰는 편지』 등.
〈현대문학상〉 수상.

봄밤

　나 죽으면 부조돈 오마넌은 내야 댜 형, 요새 삼마넌짜리도 많던데 그래두 나한테는 형은 오마넌은 내야 댜 알었지 하고 노가다 이아무개(47세)가 수화기 너머에서 홍시 냄새로 출렁거리는 봄밤이다.

　어이, 이거 풀빵이여 풀빵 따끈할 때 먹어야 되는디, 시인 박아무개(47세)가 화통 삶는 소리를 지르며 점잖은 식장 복판까지 쳐들어와 비닐 봉다리를 쥐어주고는 우리 뽀뽀나 하자고, 뽀뽀를 한번 하자고 꺼멓게 술에 탄 얼굴을 들이대는 봄밤이다.

　좌간 우리는 시작과 끝을 분명히 해야여 자슥들아 하며 용봉탕집 장 사장(51세)이 일단 애국가부터 불러제끼자, 하이고 우리집서 이렇게 훌륭한 노래 들어보기는 츰이네유 해싸며 푼수 주모(50세)가 빈자리 남은 술까지 들고 와 연신 부어대는 봄밤이다.

　십이마넌인데 십마넌만 내세유, 해서 그래두 되까유 하며 지갑들 뒤지다 결국 오마넌은 외상을 달아놓고, 그래도 딱 한 잔만 더, 하고 검지를 세워 흔들며 포장마차로 소매를 서로 끄는 봄밤이다.

죽음마저 발갛게 열꽃이 피어
강아무개 김아무개 오아무개는 먼저 떠났고
차라리 저 남쪽 갯가 어디로 흘러가
칠칠치못한 목련같이 나도 시부적 시부적 떨어나졌으면 싶은

이래저래 한 오마넌은
더 있어야 쓰겠는 밤이다.

귀가

자동차 굉음 속
도시고속도로 갓길을
누런 개 한 마리가 끝없이 따라가고 있다

살아 돌아갈 수 있을까

말린 꼬리 밑으로 비치는
그의 붉은 항문

밥

술 번쩍 깨리
두고 온 이들 떠올라 목은 메이리

밥 한 그릇의 묵묵한 의관정제!

그 곁에서
흩어지는 몸 겨우 추슬러 봄
풀린 눈 다시 힘주어 뜨고 무릎 꿇어 봄
북받쳐오름이여
오오 나는 죄 많은 사람이로다
저 흰 밥 고봉 너머 고향의 강물 넘실대고
낫질 하던 팔뚝들
적적하게 돌아눕는 노모의 좁은 어깨

대체 나는 어디에 무엇으로 엎질러져 있단 말인가

눈 내리깐 채 담배만 빨고 있는
저 밥 한 그릇

花津

태풍 오면
철없는 어린 갈보처럼
마음은 펄럭이리
살 속으로 바람 가득 들고
먼 데 하늘 돛폭같이 부풀 때
늙은 노새의 나
끝내 花津 가리
굼실거리며 덮쳐오는
수만 코끼리떼 기다리리 밀향고래떼 기다리리
쏟아지는 몸엣 버캐 거친 숨소리
花津, 온몸 열어 새 사내 맞는
花津, 그 유정한 이름 복판에 서서
늙은 나 불덩어리처럼 달아오르겠네 한번
초라한 갈기 곤두세우고 부르르 떨겠네
기어이 나도 저 바다 하리

늦가을

호두나무 잎에 싱거운 비 뿌린다

성큼 옮겨놓는 황새 다리가 더 길어졌다

물 말아 찬밥 한술 뜨고
이웃에 곶감이나 깎아주러 갈까

돋보기를 밀어올리며
어머님은 양말을 꿰매고 계시고

그런데 귀뚜라미들은 대체
어디서 이 비를 긋겠나

겨울 군하리

쓰다 버린 집들 사이로
잿빛 도로가 나 있다
쓰다 버린 빗자루같이
나무들은 노변에 꽂혀 있다
쓰다 버린 담벼락 밑에는
순창고추장 벌건 통과 검정 비닐과 스티로폼 쪼가리가
흙에 반쯤 덮여 있다
담벼락 끝에서 쓰다 버린 쪽문을 밀고
개털잠바 노인이 웅크리고 나타난다
몹시 느린 걸음으로 어디론가 간다
쓰다 버린 개가 한 마리 우줄우줄 따라간다
이발소 자리 옆 정육점 문이 잠시 열리고
누군가 물을 홱 길에 뿌리고 다시 닫는다

먼지 보얀 슈퍼 천막 문이 들썩 하더니
훈련복 차림의 앳된 군인 하나가
발갛게 웃으며
신라면 다섯 개 들이를 안고 네거리를 가로지른다

봄바다

구장집 마누라
방뎅이 커서
다라이만 했지
다라이만 했지

구장집 마누라는
젖통도 커서
헌 런닝구 앞이
묏등만 했지
묏등만 했지

그 낮잠 곁에 나도 따라
채송화처럼 눕고 싶었지
아득한 코골이 소리 속으로
사라지고 싶었지

미끈덩 인물도 좋은
구장집 셋째아들로 환생해설랑
서울 가 부잣집 과부하고 배 맞추고 싶었지

장 석 남

묵집에서 외

1965년 인천 출생. 1987년 《경향신문》으로 등단.
시집 『새떼들에게로의 망명』 『지금은 간신히 아무도 그립지 않을 무렵』
『젖은 눈』 『미소는, 어디로 가시려는가』 등.
〈김수영문학상〉〈현대문학상〉 수상.

묵집에서

묵을 드시면서 무슨 생각들을 하시는지
묵집의 표정들은 모두 호젓하기만 하구려

나는 묵을 먹으면서 사랑을 생각한다오
서늘함에서
더없는 살의 매끄러움에서
떫고 씁쓸한 뒷맛에서
그리고

아슬아슬한 그 수저질에서
사랑은 늘 이보다 더 조심스럽지만
사랑은 늘 이보다 위태롭지만

상 위에 미끄러져 깨져버린 묵에서도 그만
지난 어느 사랑의 눈빛을 본다오
묵집의 표정은 그리하여 모두 호젓하기만 하구려

意味深長

돌 위에도 물을 부으면
그대로 의미심장

내게 온 소용돌이들이
코스모스로 피어 흔들리는
病後 문밖에
말뚝이 서넛 와 있다

오늘밤 내 머리맡에는
티눈 같은 웃음들이 모일 것 같다
길 잃은 웃음들이, 막차 놓친 웃음들이
갈 데 없이 모일 것 같다

찔레 넝쿨도 바람 불면
그대로 의미심장

여름의 끝

여름의 끝으로 물소리가 수척해진다
초록은 나날이 제 돌계단을 내려간다
나리꽃과 다알리아를 어깨에 꽂고 다녀간 먹구름도 이제
어느 집 內殿의 자개장에서나 보리라

노예와도 같이
땀을 쏟아가며, 진땀을 닦아가며
타고난 손금을 파내던 일을 이젠 좀 쉬리라, 여울목
여울물 소리가 수척해진다

글씨를 말리고

붓을 잡아보고 一字를 배우고
붓끝을 세워서 잠두蠶頭를 마치고
또 수로垂露를 마치고 창으로 들어온 뉘엿한 햇빛에
떨리고 서툰 획들을 말린 일이 있습지요
내 손에서 쏟아져나온 것인지
어깨에서 쏟아져나온 것인지
하여튼 붓으로 먹을 찍어 종이를 적셔나가다 보니 글쎄 어느 틈엔
몸에선지 맘에선지 글자들이 빠져나간다는 생각이 들었습죠
古山 선생님이 시키는 대로
그 획들을 말리는 사이에
봄이 가고 여름이 가고
콩이 여물고 겨울이
완당阮堂과도 같이 칼칼한 획들을 사위에 두르면
툇마루께에서 글자와 햇빛과 바람과 더불어 나는
뼈를 말리고 있을 테니
글씨를 말려보는 일은
젖은 마음을 미리 내어 말려보는
참 해볼 만한 일이라고 생각했습죠
아주아주 떨리는 일이었습죠

푸른 손

푸른 손이 다가오고 있었다
연애인 양 태양을 집었다 놓았다
실꾸러미처럼 귀뚜라미가 울었다
흔한 대리석 한 조각 없는 묘지가 젖었다
푸른 손이 다가오고 있었다
다알리아의 두 눈을 감겨주던
舞踊이었다

달밤

내가 아는 한 곳은 거, 달 떠올라오는 풍경이 예사롭지 않아 보름이면 수만 아이들이 깔깔대며 매달려 못 뜨게 하는 것 같고 그래도 빙긋이 하며 뜨는 것 같고 내가 사랑한, 아마도 저승까지 갈, 바지와 홑조끼와 스웨타를 골라 사듯 사랑한 그네는 조바심으로 또 서편에서 서편에서 잡아 끌어당기는 것 같고 근데도 빙긋이 그저 그만그만히 바로 가진 못하여 하늘 정수리를 向하여 떠올라 가는 것 같고…… 내가 아는 한 곳의 밤은 그러나 오늘은 흐려 달 없겠고 이미 보름도 다 지나 이지러진 채 그네처럼 먼 데서나 지나가고 있을 것을 생각하면 혼자가 다시 혼자가 되고 흐린 하늘도 또 흐려서 出家者의 버릇처럼 向도 없이 절이나 해보다가 罷하고는 무릎이나 가슴 쪽에 오그려 붙인다

간송미술관 뒤뜰의 芭蕉들

한소리 안 할 수 없도록
간송미술관 뒤뜰의 芭蕉들
그 안의 蘭竹보다도* 더 많이 내겐
죽 늘어선, 견장을 한 이쁜 화분들보다도 더 많이 내겐
上品의 자비의 모양과 비애를 준다
시월, 파초는 제 그늘로도 시월을 늘이고서
시월을 외고 섰다
저물어가는 헛간 그림자 속 알 겯는 소리 같은
파초 그늘의 저것,
일제 말기와도 같고
유신 말기와도 같고
조선 말기와도 같고 내가 심어본 몇 苗
정권의 말기와도 같은
저 시를 외워야 해
사랑의 말기와도 같은
또다시 미루고 싶고 끝내
뒤로 뒤로 미루고 싶은, 맨 뒤의 뒤로
미루고 싶은
그 사랑의 말기와도 같은

저것을 외워야 해
시월 末, 芭蕉의
저것을 외워야 해
이마로 외워야지
이마로 외워야지
무릎으로 외워야지
무릎으로 외워야지
등짝으로 외워야지
나는 나는 비애를 외워야지
온몸으로 외워야지

* 2005년 가을 전시

심사평

예 심

시인들의 철저한 개별적 약진과 개성에
눈을 돌리게 한 시단

이혜원 · 김춘식

*　*　*

본 심

자명성自明性의 전복

유종호

*　*　*

멀고 외로운 길

정현종

*　*　*

독특한 스타일과 시의 격조

최승호

수상소감

시에게 보내는 편지

박상순

시인들의 철저한 개별적 약진과 개성에
눈을 돌리게 한 시단

이혜원 · 김춘식

올 한 해 동안 여러 지면에 작품을 발표한 시인들의 작품을 전체적으로 살펴보고 난 뒤의 느낌은 발표된 작품의 수가 상당히 많다는 점이었고 이 점은 현재 시단이 무척 활기를 띠고 있다는 사실로 여겨져서 반가웠다. 그러나 발표된 작품의 양에 비하면 작품의 완성도나 시정신의 치열함은 다소 제자리걸음 상태이거나 아니면 모색기가 아닌가 하는 생각이 들기도 했다.

예심위원들의 공통된 의견은 현재의 시가 뚜렷한 방향성이나 향방을 징후적으로 보여주는 상태는 아니라는 점이었고, 그 점에서 오히려 시인 개개인의 시 창작작업이 보여주는 개성과 그 가치가 유난히 두드러져 보인다는 것이었다. 다시 말하면, 현재 시단의 대체적인 경향을 압축적으로 보여줄 만한 경향도, 또 현재 시인들의 의식적인 연대감이나 시의 방향성을 설명해줄 어떤 뚜렷한 조짐도 쉽게 발견되지 않는다는 점이 오히려 시인들의 철저한 개별적 약진과 개성에 눈을 돌리게 하고 그런 특징에 더 많은 호감을 갖도록 하는 원인이 되었다.

상대적으로 예년에 비해 후보작 중에 여성 시인의 작품이 적은 수를 차지한 점도 특징 중에 하나였는데, 이 점은 서정시 중심의 단조로운 패턴이나 환유 혹은 담론 중심의 시적 전략이 지니고 있는 일정한 스타일이 시인 개개인의 개성적인 시 쓰기로 다시 환원되어 완성되는 과정에서 구체적인 방향성을 획득하지 못한 결과라고 추측된다. 이 점은 다른 한편으로는 여성시의 전환이나 변화를 예고하는 것이거나 아니면 현재가 그러한 변화의 필요성이 가시화되는 시점임을 암시하는 것이라고 생각되었다.

윤제림, 장철문 시인의 경우에는 발표된 작품의 숫자는 다른 시인들에 비해서 적은 편에 속했지만 자신의 스타일과 자의식을 고수하면서 새로운 문제의식을 찾아가고자 하는 시선과 모색의 자세가 돋보였는데 일상 속에서 쉽게 스쳐 지나갈 수도 있는 사건과 사물에 대한 날카로운 문제의식을 완성도가 높은 시작품으로 발표한 점이 높이 평가되었다. 또 김신용 시인의 경우에는 그 이력과 개성의 특이성이 만들어내는 시적 정서의 참신함이, 이재무 시인의 경우에는 다른 시인들과 차별화될 수 있는 남성적 화법과 투박하면서도 직선적인 시상 전개의 힘이 주목을 끌었다.

박상순 시인은 유사한 경향의 다른 시인들이 지나치게 시론적인 지식과 담론에 얽매여서 작의적이거나 메시지 중심의 시를 창작하고 있는 것과 달리 시적 포에지를 탄탄하게 함축하면서 긴장감을 잃지 않는 시편을 선보인 점이 특징이었다. 조용미 시인은 폐허 또는 흔적 속에서 신화적인 상상이나 구원의 열망을 읽어나가는 꾸준함을 미덕으로 지닌 시인이라고 평가되었다. 시인이 응

시한 사물의 이미지에서 상처를 극복해나가는 생명력을 발견하는 시학의 안정감이 후보작으로서의 손색이 없음을 보여주었다.

차창룡 시인의 올해 발표된 작품은 일상 속에 몸을 담고 있는 시인이 일상 바깥의 시선으로 다시 그 일상의 기괴함을 응시하고 있는 시선의 역전이 새로운 시적 상상력을 불러일으키고, 그 속에서 우주의 순환과 생명의 윤회전생을 포착하는 깊이 있는 사유를 활기 있는 상상력으로 구축해가는 뛰어난 개성을 보여주고 있다. 온갖 존재의 이리저리 얽힌 인연과 순환의 관계를 꾸준히 주목해온 시인의 시학적인 성취를 느끼게 하는 작품들이었다.

이밖에 최근에 시집을 발간한 직후 활발하게 활동하고 있는 젊은 시인들의 작품도 눈길을 끌었는데, 이미 여러 권의 시집을 발간한 바 있는 권혁웅 시인이 최근 『마징가 계보학』을 출간한 이후에 보여준 변화된 시 경향과 조연호, 박판식, 박진성 등의 새로운 화법, 시적 전략은 시단의 새로운 경향으로서 충분히 주목할 만한 대상들이라고 할 수 있다.

자명성自明性의 전복

유종호

운문과 산문의 구분이 명확하지 않은 우리 글에서 시가 산문시의 성격을 띠게 되는 것은 불가피하고 자연스러운 일이다. 대개 짤막하고 날카롭고 밀도 있고 신선한 산문이 시로 통하게 마련이다. 그런데 단순 산문과의 차이를 강조하기 위해서 '시'가 취하는 방책의 하나는 매우 모호하고 불투명한 산문 시행詩行을 배열하는 것이다. 그래서 매우 껄끄럽거나 뻑뻑한 산문 시행들이 많아지는 것이 아닌가 생각된다. 엇비슷하게 느껴지는 시가 의외로 많아서 시 읽기의 재미가 많이 상하게 되는 것을 부정할 수 없다. 독자를 피곤하게 하는 시행이 많다. 그래서 뻑뻑한 산문 시행과 대척점에 있는 대담한 시편들을 선정하였다.

박상순 씨의 작품들은 대담한 환상, 현재와 과거의 혼성, 이미지의 빠른 회전을 통해서 자명한 세계의 전복을 이루어내고 있다. 가령 목화밭에 얽힌 추억과 환상과 이미지의 빠른 회전은 흡

사 환등을 보고 있는 것 같은 느낌을 준다. 그러면서 은근한 음률성을 확보하고 있어 뻑뻑함이 느껴지지 않는다.

또 가령 공구통을 통해서 시간의 질서에서 해방된 화자의 일생을 역시 환등처럼 보여주기도 한다. 무의미의 시를 연상케 하는 시행의 비약이 신선하고 상쾌하다. 자명한 세계에서 벗어나는 것은 꿈을 꾸는 것처럼 호습기도 하다. 수상자의 전위적이고 집중된 모색과 노력이 자명성의 전복을 통해서 새로움의 공감을 구축하는 데 보다 큰 성과 있기를 기대한다. 수상을 축하한다.

멀고 외로운 길

정현종

　박상순, 조용미 두 시인 모두 상을 받을 만하다고 생각된다. 인생살이와 시를 대면하여 소홀치 않은 공부를 해온 듯한 조용미는 가령 매화마름이라는 꽃을 보러가는 일을 가지고 쓴 「매화마름」에서 "내 귀는 꽃과 벌레와 바람이 섞인/음계를 딛고 있다 본 것들이다/귀 안으로 들어와버리는 참 이상한 화음을/나는 듣고 있다"고 쓰고 있는데, 눈으로 보는 것들을 동시에 들을 줄 아는, 좋은 시인이 되기 위한 아주 소중한 자질을 갖고 있다. 반가운 일이다.

　상을 주기로 한 박상순의 작품에서 받는 인상은 동원된 말들이 무슨 의미들로 무거워질까봐 뭔가를 의미하기 전에 그 말을 버리고 빨리빨리 다른 말로 옮겨간다는 것인데, 그런 만큼 그의 시는 경쾌하고 그 공간은 놀이의 공간에 가까운 듯하다. 그와 같은 특징은 의도되었다기보다는 체질에 더 가까운 것으로 보이는데, 그는 작품을 쓸 때 필경 '우연'을 많이 따라가지 않을까 짐작된다.

프랑스 초현실주의자들은 사랑이나 자유 같은 것과 함께 우연을 대단히 중요하게 생각하며 시작詩作뿐만 아니라 삶에서도 우연을 겪어보기 위해 의도적으로 시행試行을 해보기도 했는데, 그것은 물론 인간의 삶을 일체의 선입견과 질곡으로부터 해방하고자 하는 의도의 소산인 바, '완전히 열린' 삶을 향한 행진으로서 20세기 예술에 유쾌하고도 풍부한 탄력의 샘이 되었다는 건 다 아는 얘기이다. 그리고 그러한 정신은 물론 문학이 지향하는 바이기도 하다.

그런데, 시쓰기가 우연을 많이 따라가는 편일 때 그것은 독자를 일시적으로 해방감에 젖게 할 터이지만, 좀더 지속적인 감동은 불가불 그 우연의 내용과 관련이 있을 터이고 내용은 또 불가불 그 정신의 그릇에 관련될 것이다. 어떤 경우에나 창조과정에서는 우연도 필연의 소산이라는 이야기이다.

어떻든 박상순의 작품은 위에서 말해본 특징 때문에 아주 독특한 영토를 보여주고 있는데, 그것과 관련이 있는 특징을 두어 가지 더 얘기하자면 그 언어가 감정이 한껏 탈색된 언어라는 점이다. 그래서 끈적끈적하지 않고 경쾌하다. 또 시간을 계기적 진행에서 해방하여 과거-현재-미래라는 구분을 없애고 있는데, 그것은 아마도 시간 속에서 겪었거나 겪는 일들의 고통에서 해방되고자 하는 의지의 소산이 아닌가 싶다.

그러나 그렇다고는 하더라도 이번 작품들에서는 감정과 의미를, 역시 무겁지 않은 언어로, 어느 정도 보여주고 있는 점을 다행스럽게 생각한다. 가령 「네가 가는 길이 더 멀고 외로우니」에서 다른 삶들과 마찬가지로 멀고 외로운 길을 가는 "나"를 보여주며,

「죽은 말의 여름휴가」에서는 나의 '미래 없음'에 관한 도저하게
어두운 그림을 보여준다.

죽은 말이 여름휴가를 떠난다.
아직 살아 있는 말들의 마을을 지나
달린다

죽은 말은
오래전에 사라진 나의 미래
살아 있는 말들은 내 미래의 시간이 죽은 뒤
솟아난 엉뚱한 미래

(……)

죽어서도 달린다
죽도록 달리고 또 달려서
바다로 간다

(……)

그런데 "바다"는 "이미 오래전에 닥쳐온 나의 고독"일 따름이
다. 참담한 실감에 잠기지 않을 수 없게시리 얘기되고 있다. 수상
을 축하한다.

독특한 스타일과 시의 격조

최승호

박상순은 자신만의 독특한 스타일을 고집해온 시인이다. 그가 닮은 선배 시인이 없고 그를 닮은 시인이 없다는 점에서 그렇다. 초기 시편들에서부터 그의 시에는 우리 시단에서는 볼 수 없었던 엉뚱함이 있었다. 흔해빠진 현실 재현으로서의 예술을 거부하는 시, 안이한 소통의 문법과 단절하는 시, 그의 시는 쉽게 읽히지 않는다. 자신만이 풀 수 있는 암호로 만들어진 음악 같기도 하고, 때로는 무의식의 풍경을 드러낸 초현실주의 회화 같기도 하다. 그러나 독해의 어려움에도 불구하고 그의 시에는 이미지와 리듬의 격조가 있다.

언어예술에 있어서 격조는 무엇보다도 중요한 것이다. 얼마나 많은 시들이 비예술적으로 대량생산되고 있는 것인지, 문학적 재능과 안목 없이도 누구나 시를 쓸 수 있다는 생각은 허황한 자신감에 다름 아니다. 환상을 만들어내는 공장, 무의식을 의식으로

조립하는 공장, 하찮고 수다스러운 이야기들, 손끝에서 손재주로
끝나는 말놀이들, 최근 시의 흐름에는 그런 것들이 너무 범람하
고 있는 것은 아닐까.

　　—내 손가락을 묻고 돌아선 백색의 소년들이 있었다

　수상작 「목화밭 지나서 소년은 가고」는 '손가락의 죽음'을 노
래한다. 발상이 새롭고, 마치 투명한 음표들을 악보에 올려놓은
것 같은, 해맑은 언어의 아름다움이 있다.

　　내 손가락도 자라서 목화가 될까
　　흰 꽃들이 부를까. 목화솜이 부를까
　　하얀 달이 부를까. 다시 부를까

　최근에 발표한 박상순의 시들을 보면 어조가 전보다 훨씬 여려
져 있고, 리듬이 유연해져 있다. 그러나 그 바닥에는 우리가 알
수 없는 어떤 절망, 견딜 수밖에 없는 고독과 비애가 깔려 있는
듯하다. 「죽은 말의 여름휴가」 「돌아가야 한다」 「폭포 앞에서」는
그의 시적 역량이 한껏 무르익었음을 보여주는 작품이다. 그의
시의 정조는 외로움이 지배한다. 나는 그 외로움이 그동안 단절
의 문법, 독해가 불편한 문법을 만들어왔다고 생각한다. 그러나
어쩌면 그것이 그가 선택할 수밖에 없었던 절박한 문법이었는지
모른다. 박상순의 시는 오랫동안 이해받기를 기다려왔다. 거부해
온 것인지도 모른다. 그의 수상을 축하한다.

시에게 보내는 편지

박상순

나의 청춘은 끝났다. 길은 막히고 다리는 무너졌다. 잎이 무성하던 가로수는 넘어져 트럭에 실려 나갔다. 한창 봄이었던 내 청춘의 날. 진달래는 철쭉이 되고 철쭉은 아주까리가 되고 아주까리는 참외가 되고 참외는 다시 은행이 되고.

그렇게 봄은 느릿느릿 여름이 되고, 유난히도 길었던 그해 여름도 마침내 가을이 되고. 겁먹은 소년이었던 나도 새봄이 되고. 겁에 질려 정신을 잃은 소년이었던 나도 새 몸이 되고. 그렇지만 새봄에 깨어난 나의 봄은 지난봄. 새봄에 본 나의 몸은 죽기 전에 보았던 지난 몸.

새봄에. 지난봄의 몸으로 깨어난 나는 갑자기 청춘이 되고. 내 청춘의 봄은 그래서 순식간에 이듬해 가을이 되고. 붉은 것은 다

노랗이 되고 넓은 것은 모두 단단하게 뭉쳐져 둥근 것들이 되는
나의 몸은 죽은 몸.

　노랗고 단단하게, 증오와, 증오와, 증오의 얼굴을 감춘 너무 많
은 의미의 몸. 그래서 사실적인, 사실적인, 지극히 사실적인. 그
리하여 낯선, 낯선, 무의미한 죽은 몸.
　달을 닮은 밤의 몸. 해를 닮은 붉은 몸. 죽어서도 죽어서도 차
마 잊히지 않는 귀신 같은 기억을 담은 귀신 같은 몸. 그런 청춘
은 끝났다고 나의 청춘은 끝났다, 끝났다고 외치고 또 외쳐도 끝
나지 않는 귀신 같은 봄.

　다시 또 봄이 오고 진달래건 철쭉이건, 은행이건 참외건 다 뒤
집어 증오로 슬픔으로 귀신같이 섞어버린 뒤에도 죽지 않는 나의
봄. 그런 나의 봄을 보는 것은 나의 몸. 그런 나의 몸을 보는 것은
나의 봄.

　그런 몸의 봄과, 봄의 몸 바닥에서 내 청춘을 마감하고, 차마
죽지 못한 내 몸에 죽음을 선언하는 시어. 뒤엉킨 내 청춘의 가시
줄기를 거세하여 나를 사실의 세계에서 진실로 살게 하는 극사실
의 섬세함이여. 언어여.

　너로 인해 나의 청춘은 죽고 너로 인해 나는 혁명이 된다.

　─부끄러움을 감추려고 오히려 이런 글을 소감으로 적어 높은
장막을 둘렀습니다. 장막 뒤에서 안 숨은 척, 씩씩한 척해보지만

결국 강해지고 싶은 연약함을 발견할 뿐입니다. 그래서 더욱 감사드립니다. 제게 주신 이 과분한 격려를 잊지 않겠습니다.

2006 現代文學賞 수상시집

목화밭 지나서 소년은 가고

지은이 ǀ 박상순 외
펴낸이 ǀ 양숙진

초판 1쇄 펴낸날 ǀ 2005년 12월 20일
초판 2쇄 펴낸날 ǀ 2006년 1월 16일

펴낸곳 ǀ ㈜현대문학
등록번호 ǀ 제1-452호
주소 ǀ 137-905 서울시 서초구 잠원동 41-10
전화 516-3770
팩스 516-5433
E-Mail ǀ book@hdmh.co.kr
홈페이지 ǀ www.hdmh.co.kr

찍은곳 ǀ 대한교과서주식회사

ⓒ 2005, ㈜현대문학

값 7,500원

ISBN 89-7275-342-4 03810